About Average
普通不普通

安德魯·克萊門斯 ⑪

About Average
普通不普通

文◎安德魯·克萊門斯
譯◎吳梅瑛　圖◎唐唐

遠流出版公司

名家誠摯推薦・校園熱情讚譽

（依姓氏筆劃排序）

王怡鳳／蒲公英故事閱讀推廣協會總幹事

王雅雋／前臺中市山陽國小教師

李偉文／作家

林文虎／台灣家長教育聯盟副理事長

蔡幸珍／資深閱讀推手

蔡淑媖／閱讀文化工作者

鄭淑華／前臺南市勝利國小教師

蕭慧英／愛你一輩子守護團執行長

顏如禎／臺北市日新國小退休教師

【推薦文一】

豬羊變色啟示錄

李偉文 作家

每個人都渴望被人欣賞與肯定，也期待著被人讚美，尤其對於敏感的青春期孩子而言，人際關係的摩擦，或者別人有意或無意的閒言閒語，往往是生活中最大的困擾與情緒障礙的來源。

在《普通不普通》這本書中，瓊丹這個長相普通、表現也普通的孩子，正如同世界上絕大部分青春期的孩子一樣，她了解自己的平凡，也偷偷羨慕那些外表亮麗或校隊明星級的鋒頭人物。她希望所有漂亮女生一個接一個消失，讓自己成為最可愛的女孩，不過她也知道，這麼一來學校必須要消失的女孩很多。

很有自知之明的瓊丹列了一張清單，仔細列出「我做得還可以」、「我做得很差」和「我做得很棒」三個項目。「做得還可以」與「做得很差」的項目都很長，只不過「做得還可以」這一項是沒有人會在意的，而「做得很差」的那項則是大家看得到且比較關注的，悲慘的是，「做得很棒」的兩個項目「當保母」和「園藝」，卻又成為看她不順眼的同學的笑柄。在小學畢業前夕，瓊丹如何扭轉情勢，贏得同學的友誼與肯定呢？安德魯的校園小說總是能夠完全貼近孩子的心情，以非常吸引人的故事引領大家進入那個情境與氛圍，在峰迴轉折中除了有被理解、被撫慰的感動外，也擴增了生命的視野，體會到原來可以用不同的角度來看待世界。

其中，瓊丹面對排擠與言語霸凌她的同學，在幾經心理轉折後所採取的對策實在令人讚嘆。雖然真心對傷害自己的人好很不容易，但是安德魯在處理這段情節非常自然且有說服力，相信可以提供許許多多處於同樣困境的孩子效法的典範。

而她原本被人取笑的「保母」專長，也就是善於讓孩子建蓋堡壘、構築祕密基地的技能，卻成了全書結局的關鍵。這段情節更是令人驚豔，這也是我近幾年來不斷跟青少年孩子所講、也不斷提醒家長的，時代變遷實在太快了，許多行業會消失不見，但也會產生許多我們無從想像的新工作，換句話說，我們真的不知道未來什麼行業最吃香、什麼技能是有用或沒用，在這極度容易「豬羊變色」的時代裡，真的不必太功利去追逐當前眾人羨慕的眼光或掌聲，只要找到自己真正喜歡做的事情，這種熱情才有可能把一件事情做到很好。而且只要這個專長真正傑出，就不必在意這個技能就目前來看是冷門還是熱門了！

我們是不是能在日常生活中傳遞給孩子這樣的訊息呢？讓目前表現普通甚至考試比賽永遠墊底的孩子能清楚了解到，現在學校考試給的只是分數，評量的是我們面對未來所需要的數十種不同能力中的一、兩種而已，而且目前的成績只是暫時的，在真實世界與漫長人生中，最終還是端視個人所有能力及生命態度的綜合表現。

因此，不要排斥任何學習機會，即使當小小孩的保母也可以訓練很多重要能力，甚至往往我們以為是倒霉的遭遇，其實是上天給予的祝福呢！

同時，就像瓊丹對待欺負她的同學，她可以選擇反擊，也可以選擇真心對她好。每個孩子或許可以從《普通不普通》這本書中體會到，我們永遠有選擇的機會，每一天每個時刻都可以重新選擇，不同的選擇造就了不同的自己，完成屬於我們自己的故事。

【推薦文二】

我們沒有孩子可以再揮霍了！

台灣家長教育聯盟副理事長
林文虎

長久以來，每個孩子的學習歷程所讀過的書中人物，若非天才、美女，就是英雄、好漢，就算不是才智過人，也會有獨特際遇，幾乎沒有「很普通的孩子」。

大人心中的兒童圖像慢慢的就磨成了「非龍即鳳」的結果，讓老師、父母心花怒放的是品學兼優的小眾，就連調皮搗蛋的那一小撮孩子獲得的關愛眼神，也多過中間那一大群「很普通的孩子」，也就是那些「既不高也不矮，不算豐滿、也說不上細瘦」的孩子。他們沒有清亮的外表，也沒有突出的表現，甚至連鞋子也是中間尺寸，就算全世界一起排名總是排在中間的孩子，在現實世界幾乎成了透明人！可是，明明從育嬰房抱出來的每一個孩子都是那麼獨特、那麼唯一呀，怎麼這樣相同的一個孩子在走過一大段大人的世界後，就漸漸的透明起來？

小學三年級的某一天，兒子一進家門就緊握小手，小小臉蛋又哭又氣憤的脹紅，他斷斷續續的說著：他是如何和同班的好朋友達成協議，相互提名參選班級幹部。而他只是想選大家都不太想當的「衛生股長」。沒想到兒子如約提名好朋友，同學卻背叛了他，提名了另一位不太想當衛生股長的「好學生」！兒子生氣沒有被提名，更難過遭到背叛。其實他原先最想當的也是班長，但是一年一年的「琢磨」漸漸教會他要「識時務」，加上他向來認真打掃廁所、拖地、擦窗戶，而且將這些工作做得很好，也備受稱讚，所以他自動調降目標到參選沒有太多人想當的衛生股長，但是好多年過去了，他還是一次也沒能當上。

看著孩子挫敗的表情，我當然懂得！可是，我不能告訴孩子這現實的社會就是如此：「如果你的功課頂好、頂傑出，甚至長得頂亮麗，你就什麼『長』都當得成，哪管合適不合適！反之，如果你很普通，你就什麼也當不成。」

過去，農業社會家庭需要大量的工作人力，每一戶人家所生養的孩子又多達五、六人，所以每個家庭也只傾全力照顧那少數一、兩位能夠光耀門楣的孩子，其他多數的孩子就隨性的如野草般自己成長。在這種「市場需求」的背景下，學校教育也很自然養成只看重不到兩成的「前段生」。拜人權凸顯之賜，那一群弱勢或調皮搗蛋的孩子也接收到關愛的眼神了，唯獨那一群絕對多數、既不前也不後的「普通孩子」，依然遭受莫名的冷落。但是明明時空早已異轉，今時今地每個家庭平均生養的孩子早已不足一個人，每個孩子再也無法是野草，而必須都該是每個家庭的棟梁。問題是，為人父母、為人師長的大人，似乎還沒學會如何看待每個孩子的價值，還沒找到成就每個孩子的方法。

時不我與了，《普通不普通》這本書雖是小孩的校園小說，但我覺得每個大人都該仔細讀讀，不只是讀來會有強烈的心頭一震，對多數大人而言，「瓊丹．莊士頓」不正像是自己那一個很普通很普通又最親愛的孩子？就算沒有那一場龍捲風，沒有那一段機智的勇敢義行，大人還是應該努力經營一個能讓孩子感受到成就感的成長世界，因為每個孩子都是唯一，而且我們沒有孩子可以再揮霍了！

【推薦文三】

與安德魯奏出教室的閱讀交響曲

臺北市日新國小退休教師 顏如禎

從第一本《我們叫它粉靈豆》開始，我就愛上安德魯，掐指一算，居然已經第十一本書了，好獨特的緣分！每一屆的孩子都會跟著我玩安德魯的校園小說，因為這是帶領他們走進小說的最佳墊腳石，安德魯幽默的文筆為孩子們搭起了繪本與小說的橋梁；因為書中有著種種引起他們共鳴的校園議題，故事裡的小孩彷彿是自己或身邊的同學；更因為書中呈現著不同立場的小衝突，讓討論有了空間與張力，有機會練習在對話中理解不同角色的立場與考量。孩子們會讀到權威、挑戰與衝突，安德魯讓他們有機會跟著書中人物面對權威或衝突，學習表達自己的想法，聆聽不同立場的思考，一起用智慧與良善的心找到創意的解決之道。閱讀與思考於是迸出了交響曲，在教室裡演奏著。

你曾經思考過：到底什麼事重要（有價值）？什麼事不重要？什麼是優秀？什麼是普通？誰來決定哪些事無關緊要？這個社會又如何產生這樣的價值觀？

《普通不普通》是安德魯新出爐的小說，一樣帶著議題和孩子們相遇。在電視、電影裡，在現實社會裡，隱約有著價值的判別、重要與否的區隔。主角瓊丹，一個長相普通、身材普通、熱愛小提琴卻演奏普通的女孩，普通到不行的處境讓她很苦惱。雖然她在老師眼中是如此溫和、善良、體貼與乖巧，問題是，她熱愛做得很棒的事，在自己及別人眼中卻都是無關緊要的事。例如，不擅演奏的她卻總能有條不紊的管理舞臺；又如她知道如何能有創意、耐心、親和的做好保母工作，發覺出其中的祕訣。瓊丹下定決心，要在學年結束前找到自己最棒的才能，讓大家看到她的傑出與超群。到底什麼才能使她超群呢？她能找到嗎？

這本書觸及的另一軸心議題是校園霸凌事件。瓊丹的自我清單被瑪莉亞撿到，使得她成為被取笑的對象。這經驗著實不好受。在瓊丹不斷閃避的日子裡，她反問自己：是誰一遍遍重溫糟糕回憶和受傷的感覺？她發現是自己。雖然對方做的事情卑鄙下流，卻也因此強迫她去面對自己內心不耐煩與卑鄙的部分，於是她決定對霸凌自己的人好。她發現這種好需要膽識，更經驗到當她願意放下原諒，就更能找到自己。這樣的決定讓她可以不被受傷的感覺干擾，真誠面對每一個來自霸凌者的挑釁。這樣的過程讓瓊丹找回自己的力量，體驗到原來「真誠，是最有力量的」。這提供了處理校園霸凌事件一個新的思考方向：或許從「受害者與加害者」、「霸凌與受傷」的思考框架中轉換，回到「人」的本身更能回到自我面對，找回屬於自己的力量。

天氣一路為整個故事鋪陳著隱喻的軸線，從一開始令所有人煩躁、大汗涔涔的燠熱，到「在地氣象小子」喬對異象雲朵的觀察，空氣中不尋常的氛圍隱喻著即將來臨的巨變。這詭異的天氣與瓊丹的自我探尋之路有著怎樣的連結呢？就等大家翻開書跟著瓊丹一起探索吧！

閱讀完《普通不普通》，身為教師的我提醒自己看見每個孩子獨特的價值，欣賞並讚美它，讓孩子也能發現這份屬於自己生命的禮物：每個人都是獨特的！在這強調競爭的社會中，記得給那些默默關照他人的孩子該有的榮耀與掌聲。

我想，安德魯會繼續出現在我的教室裡，一起和孩子們演奏著思考的閱讀交響曲。孩子們也會一如往昔，在共讀討論後展開自主閱讀，自己追逐著安德魯的下一本新書出版，興奮的與我分享：「我在書店看到安德魯的新書！」

【推薦文四】好評不斷：更多名家推薦

（依姓氏筆畫排序）

安德魯・克萊門斯的作品中總是有著不按牌理出牌、古靈精怪的孩子，但是又呈現出孩子在校園裡的一些生活經驗，像是《作弊》、《16號橡皮筋》、《午餐錢大計畫》……等等，閱讀時不自覺的就會為他們感到喝采。

而《普通不普通》一書的主角瓊丹不同於其他書中主角有明顯的創意特質或挑戰權威性格，她有著班上某些孩子的影子，是那種平常沒什麼意見、成績普通而教師常會標上乖巧懂事標籤的孩子。

但這樣的孩子真的很普通嗎？當她面臨同學的揶揄時，儘管感到不舒服，甚至有一些壞念頭，但總能以正面的態度去因應，反而讓對方無法招架。此外，當她看到教練排課上的缺陷，卻能默默當起老師背後的管理者；還有，在她面對龍捲風的攻擊時，能迅速展現過人的機智……，這些能力是課堂中紙筆考試、外在比賽所無法評量出來的，是一種真實生活的能力，也就是具備與人相處的EQ、懂得規畫組織與實踐的能力、懂得解決問題的能力。

從她的故事讓我們了解到，其實每個人的能力是一直存在的，只是缺少了展現的舞臺。希望你也能發現你的長才，看重你「做得很棒」的部分。

——前臺中市山陽國小教師 **王雅膺**

記得小學的時候，有一回老師要選兩位同學擔任升旗手，每天朝會全校唱國歌時，負責站在司令臺上升國旗，想想這是多麼神氣的事啊！全校同學都要向你行注目禮耶！當時我心想：哇！好希望老師能夠選我。但其實心裡也很清楚，老師一定不會選我，因為我的成績普普通通，長相也普普通通，通常這種大場面或要代表班級、學校參加活動，一定都會挑選長相好看或成績優秀的學生，對於普普通通的我來說，除非有奇蹟，否則這樣的事通常不會發生在我身上。

因此，當我閱讀《普通不普通》時，特別吸引我。書中的瓊丹是一位長相、成績都很普通的學生，想在小學畢業前做一件很棒的事，讓所有人為她鼓掌喝采。但是要做什麼呢？又該如何做？她列出「我做得很棒」清單中，只有保母與園藝兩項，而在「我做得很差」清單中，卻是洋洋灑灑一大串，讓她苦惱極了。最糟糕的是，清單還被一位愛嘲笑她的同學看見，不時取笑她。瓊丹要如何面對與處理呢？還有，瓊丹有完成心願嗎？

《普通不普通》一書生動的描繪出普通的孩子仍然有其不普通之處，鼓勵孩子們閱讀這本書，一起探討自己的「普通」與「不普通」吧！

——蒲公英故事閱讀推廣協會總幹事 **王怡鳳**

看了《普通不普通》這本書，我覺得每個人都可以像主角瓊丹這樣，藉由列出「我做得很棒」、「我做得還可以」和「我做得很差」的清單來認識自己，持續在「我做得很棒」的事情上努力，總有一天會成為成功的人！

瓊丹在危險緊急的時刻發揮自己的強項，挽救了大家的生命，做得很棒！面對同學的言語霸凌，她選擇不以暴制暴，而是決定真誠的對對方好，讓雙方的關係獲得改善。這也是瓊丹普通不普通的地方！

這本書用青少年的語言和角度來描寫校園中的故事，如暗戀、霸凌、自我認同、學習挫折、同儕關係和師生互動等等，貼近青少年的生活和內心世界，很能引起青少年的共鳴！我誠摯推薦此書給學童以及想要了解青少年內心世界的家長和老師！

——資深閱讀推手 **蔡幸珍**

我一直很看重孩子的自省能力，因此長期在兒童讀書會中鼓勵孩子們省思、發表、討論，就是希望他們擁有良好的自省能力，穩健、篤定的踏出成長的腳步。

瓊丹這個小六的女生並不特別突出，但是，她夢想有一天能站在臺上得到大家的喝采，偏偏她遇到了霸凌事件。面對自己即將失控的情緒時，她不斷自省，看到自己最討厭的其實是那個「很恨某個人的感覺」，她不喜歡自己有這樣的感覺，於是她改變方式，給自己一個挑戰：她要對那個女孩好……

好佩服作者能夠如此深入精闢的剖析一個成長少女的內心世界。《普通不普通》這本書呈現了完整的獨立思考過程，讓我們知道「如何檢視自己的想法及察覺自我情緒」，相信會帶給小讀者們很好的影響。

——閱讀文化工作者　蔡淑媖

你覺得自己普通？還是不普通？

【推薦文四】
好評不斷：更多名家推薦

其實，這個世界上有百分之九十的人都很普通，也有很多普通人過著幸福快樂的日子。所以，當一個普通的人並不像瓊丹想的那麼糟糕啦！不管普通不普通，喜歡自己、肯定自己最重要。

當然，如果你也像瓊丹一樣，立定目標要變得傑出、要每個人都看到你的改變，那麼恭喜你，只要你和瓊丹一樣學習認真，不管做得好不好，程序和要點都很清楚，並且樂在其中，就算在別人眼裡微不足道的小小技能，有時也能發揮大大的作用喔！瞧！瓊丹不就是用當保母發明的建堡壘遊戲救了老師和同伴？

我最喜歡瓊丹的正向思考和古道熱腸，如果再加上自信，這樣的孩子總有發光發熱的一天。

看完《普通不普通》這本精彩的小說，你想到如何讓自己不普通了嗎？

——前臺南市勝利國小教師　**鄭淑華**

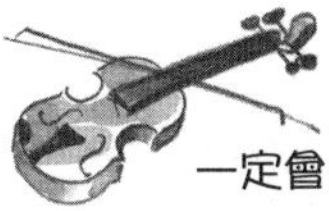

1 一定會

這是個晴朗的春天早晨，空氣裡卻瀰漫著一股殺氣。瓊丹．莊士頓正在謀殺《威風凜凜進行曲》❶。事實上，整個小學管弦樂團都有份，這是一場音樂大屠殺。

然而瓊丹的小提琴尤其致命，那刺耳的聲音活像隻驚恐慘叫的貓頭鷹。葛雷夏老師瞪著她，快速揮動手上的指揮棒，忽上忽下，

---

❶《威風凜凜進行曲》（*Pomp and Circumstance Marches*），英國作曲家艾爾加爵士（Sir Edward William Elgar, 1857-1934）著名的管弦樂曲。

忽左忽右，奮力的讓這二十三個學生維持齊奏狀態。他快要輸掉這場戰爭了。他抬頭注視時鐘，然後揮舞雙臂，好像正在阻擋一列貨櫃列車前進。

「好了，好了，停止演奏。所有人都停下來，停！」他拿出手帕擦擦額頭，努力擠出一絲笑容。「我想今天早上練到這裡就差不多了。別忘了，今天是星期四，放學後我們在這裡有一場額外的排練行程，不要遲到了。還有，假如你們白天有空檔的話，請多多練習。如果你們沒辦法練好自己的部分，我們合起來一定也演奏不出好成績的，對吧？要練習！」

瓊丹小心的放下小提琴。她很愛這個樂器，而且非常擅長這個放下來的動作。她也很善於擦亮這色澤豐潤的褐色木料，將琴弦的音調得準準的，並讓琴弓保持在最佳狀態。可是，演奏這件事讓她感到很苦惱。

即使如此，她也絕對不會放棄。

在過去的八個月裡，她放棄了很多東西。小提琴是她最後的舞臺，是她的底線。她立下承諾，決心要變成一個天才小提琴家，而不是個驚慌失措的膽小鬼。

她還是六年級合唱團的團員，但並沒有因此得到多少成就感，因為其他六年級生也都是團員。

對於唱歌這件事，瓊丹不會怕羞。她大聲唱出來，歌聲大到讓葛雷夏老師有一天把她帶到一邊去；葛雷夏老師負責拜爾德小學所有音樂方面的事，包括流行樂團、管弦樂團、合唱團等。

「瓊丹，你擁有很棒的……熱情，可是如果你不要唱得比你周圍的同學還大聲，那會是不錯的唱法。聽眾也需要聽到其他人的聲音啊，你應該也是這麼想吧？」

瓊丹聽懂了他話中的意思，也就是：你的歌聲沒有那麼好。

她唱的音絕大部分都是準確的，這點她很有把握。她並不是個糟糕的團員，只是沒有好到可以成為最大聲的那個人。她的歌聲算是普通。

她的朋友凱莉擁有華麗的美聲，高亢、甜美，而且純淨，可是膽子很小。凱莉在合唱團練習時只勉強發出一點細微的聲音，到了音樂會時，那聲音更是小到幾乎聽不見。這讓瓊丹感到很抓狂。

她想抓住凱莉的肩膀，用力搖醒她、對她大喊：「凱莉，假如我有像你一樣的聲音，我早就在好萊塢了，這不是在開玩笑，我現在一定是大明星啦！你到底怎麼了？」

瓊丹仔細觀察學校裡的天才兒童，就是那些常常得獎、被地方報紙報導的人，那些人在接下來的人生中顯然還會繼續得獎，而且會不斷做出讓人驚嘆叫好的事。他們是天才，絕頂聰明，而且非常特別。

而瓊丹，不屬於他們這群人。

她將小提琴安全的收進防彈塑膠材質的琴箱裡，然後開始收起樂譜架。她把樂譜架一個一個堆疊在舞臺暗處的角落，旁邊是緊密收摺的紅絲絨布幕。在整齊排好二十三個樂譜架之後，接著她將金屬椅收起來，一個個放上手推車。她也將葛雷夏老師沉重的指揮臺打斜，推上它專屬的輪架，然後推到它原來的位置，就在平臺鋼琴的旁邊。

禮堂裡仍然暖烘烘的，她倚著鋼琴休息了一會兒。搬動那座木頭指揮臺總讓她覺得自己像個舉重選手，她真不想在一天這麼早的時候就開始流汗。平常一整個星期都不會覺得這麼熱。

瓊丹在學年一開始就自願擔任管弦樂團的舞臺管理員。她每次排練前都會提早到，把椅子和樂譜架排好。整個排練結束之後，還要留下來再把所有東西收好。

她做這些事並不是為了得到葛雷夏老師的好感，想要得到好感的唯一方法就是成為超級天才音樂家。她喜歡的是自己能幫得上忙的感覺，而且她也喜歡讓舞臺井然有序。她知道如何正確的排好椅子和樂譜架，也很懂得如何正確的將每件東西再收妥。

瓊丹最好的朋友妮琪．史坎隆想要和她一起做管理員，可是她喜歡自己做這件事。還有，在每週三個早上的收場工作完成時，她有時會獨自一人待在大舞臺上。她也很喜歡那個時刻。

今天就和其他日子一樣，她獨自待在那裡。她走到舞臺中央，環顧臺下整場的空座位。

拜爾德小學曾經是鎮上的中學，禮堂位在學校的一端，是分開的獨棟建築，裡面是一個大空間，一排排劇院座椅從舞臺斜斜往上排到後牆邊。

瓊丹露出很有氣質的微笑，往舞臺前端走去。她環顧整場觀眾，低下頭，優雅的深深一鞠躬。

這時人們站起來了，歡呼喝采，瘋狂的鼓掌。她再度微笑、鞠躬，向她的媽媽和爸爸點點頭，他們坐在第一排的位子上。接著，又對著姊姊艾莉和弟弟提姆露出甜美的笑容。當然，提姆並沒有注意到，他只有四歲，此刻他正盯著藍紅交錯的舞臺燈，一隻手指插在鼻孔裡。

一個穿著藍色洋裝的少女從觀眾席後面沿著中央走道跑過來，

踮起腳尖，將身子往上伸，送給瓊丹兩打黃玫瑰，這是她最愛的花啊。瓊丹用一隻手臂托著花束，最後一次鞠躬，接著後退離場。紅色的絲絨布幕拉開了一下，於是她退到後臺。

有人想要她的簽名，幾個記者手上的照相機正閃著閃光燈，還有一群興奮的朋友急切的想要恭喜她、祝福她。這一切真是太棒了，就算她以前想像過許多次，她還是細細品嘗著每一秒。

噹!!

是第一次鈴響，這長達六秒、震耳欲聾的刺耳噪音，在空蕩蕩的禮堂中迴響著。外面，在教學大樓後方出現孩子大喊大叫的聲音，他們跑過運動場，開始在禮堂門口排隊。

這些聲音的入侵一點都沒有影響瓊丹的好心情和動搖她的信心，她非常確信：有一天，她的勝利時刻將會成真，這樣的場景將成為她人生的一部分。

可是，那些人會為了什麼事而對她鼓掌叫好呢？

她一點想法也沒有。

2 漂亮

瓊丹的回憶具有強大的力量。過去的某個時刻會偷偷溜出來綁架她整個人，強迫她去想起那個時候的事情，直到她想通為止。

在六月這一天的早晨，當她推開沉重的後臺門、開始走向教學大樓時，一個念頭突然抓住了她。她想起五年級快結束時讀過的一本書。那本書很有名，書名叫做《又醜又高的莎拉》❷，而有那麼

❷《又醜又高的莎拉》（*Sarah, Plain and Tall*），美國暢銷兒童書作家麥拉克倫（Patricia MacLachlan）的作品。

幾天，瓊丹還幻想她媽媽已經死了；不過不是真心的啦，只是那本小說的情節引發她的想像而已。

小說裡的爸爸和他的一個女兒和兒子住在一起，他們都因為媽媽的過世而感到悲傷。這時出現一個叫做莎拉的女子，她來拜訪他們，而且有可能成為這個爸爸的新妻子，也就是孩子們的新媽媽。真是動人心弦的悲傷啊。瓊丹喜歡悲傷的故事。

瓊丹也立刻愛上書中的那個女子，莎拉。她長相普通，她自己也很明白，因而沒有想對任何人閃躲這件事情。她就這麼出現，對這個可能成為她丈夫的男子說：「我長得很普通，而且很高。」

瓊丹長得也很普通，這段回憶正強迫她思索這件事。

可是對瓊丹而言，長相普通並不是什麼新發現，這是她一直都知道的事情呀。她長相普通，不過她不像莎拉，因為她不高，但也不矮。

她是瓊丹，長相普通，而且不高不矮、身材普通。

瓊丹對於漂亮和高並沒有特別的感覺，而這兩件事感覺上應該滿重要的，尤其是漂亮。

但她的臉就是長這樣子，沒有什麼她使得上力的地方。

她當然看過女生怎麼整形的電視節目，而且有時女生整形之後會變得比較好看……多少有一點啦，如果撇開這個女生從此一點都不像她自己這件事的話。

瓊丹無法想像自己要那樣做，她的鼻子是爸爸的縮小版，假如這個鼻子不見了，她會很想念它的。而且她還擁有和媽媽一樣的眉毛。瓊丹知道自己不會因為美貌而出名，而她一直覺得這樣沒什麼大不了……直到她開始想到那些男生。

特別是有個叫做強納森．卡德利的男生，他在管弦樂團裡演奏大提琴。這天早上，瓊丹正要往教學大樓走過去時，她看到強納森和朋友們在靠近運動場那邊的門口附近。

強納森有一頭棕色直髮，有時披散在他額頭上的瀏海有點太長了，蓋住了他的眼睛，那種髮型她不愛。他的眼睛很好看，是帶點綠的藍色。他比大部分的六年級男生長得高，不管他穿什麼衣服，瓊丹都覺得很好看，特別是白襯衫搭配牛仔褲最棒了，就像今天這個樣子。

強納森似乎對美貌很在意，大部分時候他只和最漂亮的那些女生說話，包括那個擁有華麗美聲的朋友凱莉。

不過，至少強納森知道瓊丹是誰，他偶爾還會和她說話。他會說：「嘿，瓊丹，你有看到凱莉嗎？」

凱莉，長得很可愛，而且很高。

瓊丹希望所有排在她前面的真正美女一個接著一個消失，最後她就會成為學校最可愛的女孩了。這時強納森就會問別的女生說：「嘿，你有看到瓊丹嗎？」

若真要如此，必須消失的女孩很多。

瓊丹拉開走道盡頭沉重的門，左轉朝六年級大廳走去。那裡是學校中獨立的一個區域，因為所有六年級生今年重新編班，就像他們明年到中學時會再全部打散一樣。

瓊丹今天並不期待導師時間；其實她從來都不期待導師時間。

凱莉會在那裡，一如以往，不過她並不是問題所在。自從她們在四年級成為朋友之後，凱莉從沒說過瓊丹一句壞話，從沒取笑過她搞砸的任何一件事，也從不讓她覺得自己長得不好看、沒才華或是很笨拙。

凱莉，人很好，而且很酷。

去年九月和十月，她們在六年級足球隊的時候，凱莉一直對她很好，接下來的籃球季也是如此。當然啦，凱莉在這兩支球隊都是明星球員。凱莉，很優秀，而且球技很棒。

不對，導師時間的問題不是凱莉。問題是……另一個人。

瓊丹甚至不希望想到這個名字。

因為今天到目前為止都過得不錯。對啦，是太熱了點，但的確是個陽光明媚的好天氣，而且還朝暑假更接近了一天。到目前為止的這段時間，會是這一天中最美好的時光嗎？在管弦樂團排練時，她努力避開那個人，現在，假使她在導師時間裡可以成功避開任何接觸，接下來一直到體育課之前，她們都會在不同的教室上課。

當瓊丹走向六年級大廳時，她盡可能放慢腳步，而且計畫要轉向女廁。她想要在正好鐘響的時候到達導師的教室。她不想在她附近多待一秒鐘。

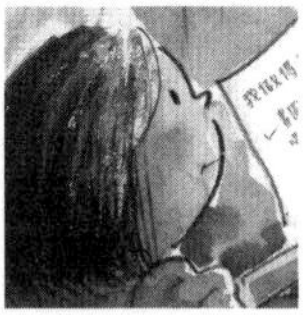

3 暴怒

很難相信，一個身材普通的六年級女孩竟然能夠不發一語就表露出如此強烈的怒氣。但事情就是發生了。瓊丹·莊士頓正發射出巨大的負面能量波，刺人的熾烈怒氣形成了強大的力場。這個美麗的六月早晨，幾乎每個在導師教室裡的人都大吃一驚，尤其是樂蒙老師。

因為平時的瓊丹是個親切友善的人，她也很體貼、乖巧、討人喜歡，是個受歡迎的寶貝。她所有的老師都這樣說，而且是從一年級就這麼說了。

瓊丹很乖，那是因為她從來不犯規；她是個寶貝，因為她的臉上永遠掛著微笑；而她很討人喜歡，那是因為她總是盡全力做事。雖然她的成績一向不優異，但她很甘願接受自己的成績，她擁有傳統的那種勤奮苦幹。

這一直是瓊丹的魅力，對她而言，似乎所有東西都無法輕鬆取得，但不管怎樣她都努力去做。她一直專注在自己的事情上，而不去要求大量的關注。

樂蒙老師私底下偷偷希望可以複製出很多個瓊丹，因為就算學校裡只有一半小孩有她的一半好，那麼這整個學年就會變得……美好許多。溫和、善良、文靜、守秩序、細心、體貼……這是所有老師所認識的瓊丹·莊士頓。

今天完全不一樣。她滿臉痛苦和憤怒的表情真讓人嚇了一大跳，幾乎到了令人害怕的程度。而肯特．多尼因此學到了教訓；他想要向瓊丹借枝鉛筆，於是拍拍她的肩膀。

瓊丹轉過身來，眼睛瞇成一條細縫。

「幹嘛？」她怒氣沖沖的說。

「唔……沒事。」肯特一邊小聲的說，一邊後退到安全距離。

想像一下這個畫面：一隻可愛的小金魚總是在牠的小魚缸裡快樂的繞圈圈游著，然後有一天，一個男孩伸手丟下一小撮早餐，而這小東西突然露出剃刀般鋒利的牙齒，猛的跳出水面，張口要咬下他的手臂。

這就是肯特的感覺，他真的嚇了很大一跳，而這一切，樂蒙老師全看在眼裡。

在大家唸過忠誠誓詞、導師宣布完事項及點名之後，導師時間比平常更為安靜。瓊丹坐在第三排，眼睛直視前方，嘴唇用力閉成一條緊繃的線，她活像一座正在噴發蒸氣的火山、一只裝滿熱岩漿的大湯鍋。許多人都感到好奇，不過沒人想要冒著被烤焦的風險一探究竟，連她的老師也不想去。他們都決定讓她獨自靜一靜。

如果她的朋友妮琪在身邊的話，她會將瓊丹從惡劣的心情中拉出來。她很厲害，從不讓瓊丹把事情看得太嚴重。她會搔她癢，或扮鬼臉，或倒立，使出所有讓她恢復笑容的招式。可是妮琪這時候正在大廳樓下史崔頓老師的教室，所以瓊丹整整十六分鐘都處在沸騰翻攪和快要爆發的狀態。

第一堂課的鈴聲響起，瓊丹仍然坐著不動，而她周圍的位子已經空無一人。最後她站起來，將書包上肩，往門口走去。

樂蒙老師覺得她應該說些什麼來幫忙這個可憐的孩子。

「瓊丹……？」她開口說道。

瓊丹轉頭，可怕的怒容讓老師頓時冷卻、停了下來。

樂蒙老師將原來的話吞了回去。「唔，今天要開心一點喔，沒問題吧？」

瓊丹開口要回答什麼，卻突然住嘴——這也許是件好事吧。她緊閉嘴巴，大步走出去。

4 三分鐘

瓊丹有生以來，至今只有三分鐘還沒有說明清楚。三分鐘時間不算長，但有時足以讓乖巧的金魚變成凶猛的金梭魚。

這空白的三分鐘是發生在女廁裡，瓊丹在導師時間之前先去了那裡。瑪莉亞．哈金斯在裡頭，林德莉、凱薩琳和愛麗也都在，不過她們都不是問題所在。問題出在瑪莉亞身上。她正是那個人，那個讓瓊丹努力躲了一整個早上的人。

而瓊丹進了廁所之後，瑪莉亞做了什麼事呢？喔，這就要先從兩天前發生的事說起。

星期二早上，瓊丹在導師時間時整理筆記本，把一些不用的舊筆記紙丟掉。她已經丟了厚厚一疊紙到資源回收箱裡了。

瑪莉亞一直在觀察瓊丹，她悄悄走到回收箱，把那疊紙全都收起來，她想好好了解一下，看看瓊丹是否丟掉什麼也許……很有趣的東西。

結果她真的發現了。

瑪莉亞發現的是……噢，這要從兩個月前在社會課堂上發生的事說起。

四月的一個下午，夏恩老師按下光碟機按鍵，螢幕亮起，整間教室頓時充滿各種聲音，有隆隆馬蹄聲、鏗鏘劍擊聲，還有響亮的號角聲。解說員開始說話，教室裡所有學生開始寫有關伯羅奔尼撒戰爭❸的筆記，只有瓊丹除外。

那個下午，瓊丹正在跟自己作戰。她正在做一張清單……正確來說，是在一張紙上列了三個清單，分別是：我做得很棒、我做得還可以、我做得很差。

她的「我做得還可以」清單最長，有：畫圖、唱歌、跑步、游泳、講笑話、跳舞、足球、籃球、除草、吹泡泡糖、烤餅乾、橄欖球、騎單車、拼字、做披薩、看地圖、認鳥名、摺衣服……。這個清單還繼續往下寫，總共列了三十幾項不同性質的活動。

她的「我做得很差」清單也相當長，有：數學、拉小提琴、飛

❸伯羅奔尼撒戰爭（Peloponnesian War），西元前四三一至四〇四年間發生於斯巴達與雅典之間的戰爭。

盤、壘球、溜冰、保齡球、乒乓球、背書、存錢、鈎毛線、杯墊編織、縫紉、西洋棋、拼圖、填字遊戲、電腦遊戲、電腦、做科展、網球、鋼琴、開罐子、洗盤子……，還有更多項目。

可是，她的「我做得很棒」清單最糟糕，只有兩項：當保母和園藝。

那個早上，瓊丹眉頭深鎖，努力思索著：她做得很棒的事情一定還有別的……

就在那一刻，夏恩老師站起來往教室後面走，一邊巡視著，確定大家都在做筆記。瓊丹把那張紙藏在筆記本下面，抬起頭盯著螢幕，做出她有多麼熱愛研究伯羅奔尼撒戰爭的表情，接著彎下身擺出一副正在寫筆記的樣子。

當老師走回去坐下時，瓊丹飛快的在「我做得很棒」清單上補了一項：假裝我喜歡古代史。她做了個鬼臉，再加上一項：製作清單。然後又「我做得很差」清單裡新增了一項：認真學習歷史。

因為覺得有罪惡感，她再度將清單紙藏起來，專心看電視節目。她周圍的同學都飛快的寫著可能會成為明天測驗題的細節。十五秒之後，瓊丹開始對希臘人失去興趣；過了一分鐘，她又看起了她的三個清單。

她嘆口氣。她的「很棒」清單實在很不棒。

「嗯，」她心想，「不過，我擁有這麼多還可以的項目哪，這很棒耶……」

她又嘆了口氣，她知道這種想法是在欺騙自己。

那些跳舞跳得還可以的人都怎麼樣呢？那些在大型電視選秀節目落選的人，那些從不曾成功進軍拉斯維加斯的人，那些被送回家鄉……伊利諾州的人。

至於那些歌唱得還可以的歌手呢？待遇相同，他們無法得到拉斯維加斯行程，沒有百萬獎金，沒有唱片合約。手上只有一張回到家鄉伊利諾州洛瑟菲爾的單程票。

只能做到「還可以」的項目，感覺上並不真的算可以。其實是不可以。

正當瓊丹坐在那裡想著她的人生多麼糟糕又悲哀的時候，夏恩老師卻讓情況變得更糟。

她暫停光碟機。「就剛剛大家看到的那一段節目，我們要來做個小測驗，你們可以看自己的筆記作答。」

瓊丹飛快的將寫著清單的紙張塞進筆記本裡。她努力回想節目裡的解說員講過的話……，可是，背書這一項是列在她「做得很差」的清單裡。

這個測驗她徹底失敗。總共有十道題目，她只會一題。

在那堂課之後，瓊丹真的不想再看那些清單一眼。大約一星期後，她的煩惱轉移到別的地方，也因此，星期二那天，她沒有注意到丟進回收箱的那疊舊筆記紙裡面還夾著那張紙。

回到星期四上午，瓊丹就在導師時間之前先走進女廁，而正是之前這些事導致女廁裡發生的事。她站在水槽前，窘到整個人都呆住了，因為有人將她的三個私人清單以非常戲劇化的誇張語氣大聲唸出來。

整個表演花了瑪莉亞・哈金斯不到三分鐘時間。

5 好事

導師時間之後的第一堂課，坐在座位上的瓊丹仍然氣得冒煙，不過這堂中級數學課裡倒是有兩件好事。第一件好事是，瑪莉亞不在這裡；第二件則是強納森．卡德利在這裡。

但是今天早上，就算看到強納森的位子只和她相隔一排，而且就坐在她正前方的位子，她也高興不起來。

瑪莉亞．哈金斯。

瓊丹的牙齒咬得更緊了。她努力將注意力轉移到其他地方，任何地方都好，可是她做不到。

她最討厭的是什麼？是這種她真的「很討厭某個人」的感覺。瓊丹持續和這種感覺對抗，就像她這一整年來所做的一樣。但瑪莉亞沒讓這件事情這麼輕易就過去，那個女生真的很卑鄙。

「假如你無法說出好話，那就別說話。」

瓊丹腦中響起媽媽的聲音。

這段話她媽媽說過很多次了，尤其是在瓊丹和姊姊開始吵架的時候。

嗯……今天在導師時間裡，事實上是這一整年裡，她從來不曾對瑪莉亞說過一個「不好」的字，至少沒有大聲說出來……

「假如你沒辦法想出優點……」哼！想出優點……那傢伙的優點？辦不到！

現在瑪莉亞握有那些愚蠢的清單，然後呢？這就好比敵軍將領突然拿到一張完美的地圖，上面標出了她邊境中最脆弱的位置，以及所有最容易攻破的地點。而且敵方會行動，她會一次又一次攻擊她，正如她已經這樣做了一整年。

不過瑪莉亞很小心，「反霸凌計畫」在伊利諾州的索爾頓是件不得了的大事。

即使瓊丹已經非常確定她有足夠證據可以向輔導老師提出控訴，可是黎弗頓老師能怎麼做呢？沒錯，他會找瑪莉亞和她的家長過來，而且會把瓊丹和她的爸媽叫來，然後瓊丹必須努力證明瑪莉亞如何奚落她、戲弄她，如何指使別的小孩嘲笑她，如何想盡辦法找她麻煩。

如果她這樣做，會達到什麼結果呢？瑪莉亞會遭受處罰嗎？大概吧。瑪莉亞會變得好一點嗎？可能不會，她只會變得更陰險、更卑鄙。這樣做會使得瑪莉亞更加討厭她，因為瑪莉亞大概不會被送去霸凌矯正學校，或是搬離這個小鎮之類，她仍然會在旁邊。

而那個冗長的防治霸凌程序會讓她停止討厭瑪莉亞、讓她放下所有「不好」的念頭嗎？這是最讓瓊丹煩惱的問題。

是因為她和瑪莉亞的狀況不同嗎？這和四年級時有兩個傢伙在公車上一直猛打她的朋友亨利的情況不同。亨利告發他們，霸凌停止了，所有防治霸凌的程序都恰如其分的發揮功能。但這次的情況不一樣，她並沒有感受到威脅或是身陷危險之中……她主要是感覺到被困住、落入了圈套，還有就是覺得很窘困。

而且瓊丹認為，假如她將瑪莉亞提報給學校當局，甚至會使她感覺更糟糕，這樣做會讓她的「我做得很差」清單再增加一項：對付卑鄙的孩子。

不對，不管怎樣她必須通過……或是飛越、繞過、超越、穿過、翻越、分擔掉這件事……瓊丹腦海中冒出了一大堆詞彙。

有一點是確定的。她今天、此刻必須要做的首要工作，就是停止憤怒的情緒。所以當鈴聲響起的時候，她做了一次深呼吸，然後再一次。

當她第二次深呼吸時，她很確定聞到了一陣體香劑的香味，那是來自強納森・卡德利身上的氣味。又或者也許是古龍水……或是洗髮精的味道吧。不管是什麼東西，那香味很好聞，而且瑪莉亞・哈金斯因此從她腦海中消失了。

強納森的數學程度和瓊丹一樣都很普通，所以他們兩個每天早上八點五十八分會在一一七號教室碰面。瓊丹喜歡將這個碰面想成某種第一堂課的約會——「嘿，在史崔頓老師的中級數學咖啡館碰頭喔！」

事實上，那種約會從來沒發生過，不過瓊丹一直樂在這樣的想像中。強納森今天坐得好近。當課堂上開始進行家庭作業的核對之後，瓊丹偷偷瞄了他二十次左右。

強納森正在咬鉛筆的尾端，這是他常做的事。每當他在解數學應用題時，就會以一種特別的方式皺起臉來。而且他喜歡在紙的邊緣畫汽車和卡車，還有他經常上上下下抖著右腳，有時候會咬拇指的指甲。瓊丹可以寫一篇詳細的文章投稿到自然雜誌，題目是「強納森．卡德利的習性、穿著與遷徙模式」。就在她又瞄了強納森一眼的時候，她想：「這也算是中級數學課的另一件好事嗎？妮琪不在這裡。」

妮琪上的是進階數學班，她不喜歡瓊丹對強納森這麼著迷。

「我不明白你為什麼覺得他很棒。」

她總是這樣說，但瓊丹知道那不是真話，因為沒有一個六年級女生會忽略強納森。妮琪只是不想她受傷，她正在做一個好朋友該做的事。

回到四年級的時候，幾個小孩在教室裡嘲笑妮琪是被收養的孩子，瓊丹伸出援手阻止他們。瓊丹也邀請她到家裡過夜，這是妮琪有生以來第一次在外頭過夜。從那時候開始，妮琪就成為她最好的朋友，也自命為她的保護者。

不過數學課是屬於沒有妮琪的特區，所以她可以好好享受完整的強納森體驗，而不會在之後被拿來取笑。

有時候她的確贊成妮琪的話，可是……因為，說真的，她到底最喜歡強納森哪一點呢？她很不想承認，其實就是：他的外表。她喜歡他的外表。這表示她好像也和強納森一樣很重視外表，也許還更重視也不一定。英俊的臉孔，漂亮的頭髮，動人的眼睛，迷人的笑容。他的長相不普通，而且他很高。

瓊丹確信強納森也是個好人，可是她真的深信不疑嗎？但就算證明了他喜歡扯下泰迪熊的手臂，她可能還是會喜歡他。

她確定他永遠不會做那種事。

那比較像是她可能會做的事。

那是她確實做過的事，不過她只做過一次。她那樣做只是因為姊姊艾莉拔下她芭比娃娃的頭，而這發生在她取笑艾莉在家門口和羅伯．菲蒙親吻之後，是嘴對嘴的那種。

坐在數學課堂上，瓊丹認定她所有的人際關係都很複雜。

可是她無意開始思考自己的事情，她希望繼續想著她和強納森之間的事。

雖然她知道真的沒有所謂「她和強納森之間」這件事，有的只是期望這件事存在的她而已。

6 熱和數字

好熱啊！

瓊丹用一隻手搧著臉。她想起以前曾聽說過，在德州、佛羅里達州和南加州這些地方，所有學校都裝設了冷氣。伊利諾州的索爾頓就不是這樣了。現在的時間不過是上午九點多一點，史崔頓老師的教室裡已經超過華氏八十度❹。

❸ 相當於攝氏二十七度。換算方式為：華氏溫度減三十二，再乘以九分之五，就是攝氏溫度。

當天氣這麼溼熱的時候，她沒辦法把事情做得很好。更何況今天真是炎熱的大集合，再加上坐在強納森附近，還要和數學題目奮戰，所有這些都使她……唔，沒有什麼委婉的說法來表示，就是讓她緊張到流汗啦。

她的上衣黏在椅背上，頭髮貼在脖子後面，一隻手還黏附著桌上的習題紙，使得這劣質的紙張皺了起來。

汗水不斷的冒出來。

這時，一個回憶突然在她的腦海中浮現，那件事就發生在這裡，在同一個空間，不過時間在放學後。那是西洋棋社的活動。

那天她坐在靠窗的位置，當時是二月天。威爾．菲尼格和她隔著西洋棋盤面對面坐著。僅僅走了三步之後，瓊丹便知道自己陷入困境。

那天下午很冷，有個氣團從加拿大襲來，它捲過密西根湖，在芝加哥降下一英尺高的雪，接著繼續往南猛衝。當氣團抵達麥克林郡的時候，就只剩下徹底而凜冽的冰冷而已。

數學教室裡的鋁窗窗框上覆蓋著一層霜，瓊丹沒有穿毛衣。現在輪到她走棋了，就在她伸手去拿自己的主教時，身體開始發抖，而她的手就碰倒了威爾的騎士。

威爾像一隻鼬鼠般敏捷的從椅子上跳了起來，大喊：「喂！你作弊！」

假如威爾運用他那敏銳的分析能力思考半秒鐘，他就會了解瓊丹根本不懂西洋棋能怎麼作弊，就算她想做……也辦不到。

瓊丹從來沒有作弊過。即使她曾經有過這種念頭，也不會把任何犯罪天分浪費在贏得西洋棋比賽這種無聊的事情上。真要作弊的話，她會選擇實際的東西，像是弄到一張扶輪社的吃到飽義大利麵晚餐免費餐券。

她參加西洋棋社是想變成西洋棋好手。所有很會下西洋棋的小孩都超級聰明，她想要變成那樣的人。她渴望自己因為聰明而受到尊敬，就好像《綠野仙蹤》裡面的稻草人[5]一樣。

僅僅參加過兩次西洋棋社的賽會之後，瓊丹便很確定，發明這種遊戲的真正目的，其實就是要讓她感到失敗又愚蠢；她就是不擅長西洋棋所需要的那種思考方式。她能夠往下想個兩步或三步，可是能像其中幾個小孩那樣想到七步、八步嗎？她做不到。

她不確定是否因為天氣冷，還是她對西洋棋的感覺太糟，或是威爾那張斜眼看人的臉，也或許三者都是，不管原因是什麼，她都徹底輸了。她將雙手伸到棋盤下面，用力往上拍。棋盤彈起撞到電燈，塑膠棋子四散掉落到地上，這時瓊丹大喊：「你贏了！高興了吧？」

所有眼睛立刻轉移到她身上，她感覺到臉頰灼熱，整個臉從粉嫩嫩變成紅通通。當她踩著重重的腳步走出教室的那一刻，腦子裡在想什麼呢？

至少現在不冷了！

六月上午這令人汗流浹背的熱度將瓊丹拉回到第一堂數學課。

---

5 《綠野仙蹤》（*The Wizard of Oz*），由美國童書作家鮑姆（L. Frank Baum, 1856-1919）和插畫家丹斯洛（William Wallace Denslow, 1856-1915）於一九〇〇年所出版的著名童話故事。故事中的稻草人為了追求聰明的腦袋，而去求助歐茲國的國王。

一滴汗水從她的額頭往下流，沿著鼻子而下，然後準準的滴在她的習題紙上。

她飛快的瞥了強納森一眼，他沒有看到，這是當然啦，他為什麼要看她呢？

她看到他露出解數學應用題的表情。她突然想到，既然他的數學能力普通，西洋棋功力可能也和她一樣糟。而她必須承認，這個念頭讓她非常開心。

這時，她看到強納森也流了好多汗，這下子她更開心了。他們有這麼多共同點：他們兩人的數學能力都屬普通、西洋棋下得很糟，而且很會流汗！

也許他們之間的關係還沒到達非常完美的地步，不過怎麼說都是個開始。

多少有一點吧。

在她的夢裡。

瑪莉亞．哈金斯……哎呀！那個女生！

她出現了，再次填滿瓊丹的腦袋。她聽得到瑪莉亞以充滿嘲笑的聲音大聲唸著那些清單，聲音迴盪在女廁裡。

那個聲音在引誘瓊丹出手。她可以衝過去抓住瑪莉亞，將她摔倒在地上。她可以將她那張美麗的小臉按在骯髒的地板上，然後把她手裡的紙搶回來。那真的太爽快了！

可是她沒有那樣做，並不是因為她不想做，也不是因為她做不來；她確信自己完全可以做得到。她大概比瑪莉亞重了十五磅。

「十五乘以二等於三十。十五乘以三等於四十五。十五乘以四等於六十。一分鐘有六十秒。一小時有六十分鐘。」她想。

好幾個小時。有些夜晚，她會躺在床上好幾個小時睡不著，一百萬個念頭在她的腦袋裡打轉。而數字解救了她。她會開始往回數數，從九十九開始數。全心想著數字，然後所有的字詞和念頭都被拋到九霄雲外……

將瑪莉亞推倒在地？這不是她的作風，她沒有做過這一類的事，那是電影裡粗魯的女生才會做的事，或是電視節目裡的小孩在進廣告或那一集結束之前必定會做出的某個驚人舉動，好為下週的節目埋下一個伏筆。那種節目她看過很多，她不想那樣做，那些看起來都好假，尤其是卑鄙的事。

「因為基本上，我就是一個好人……我真的是。」這想法讓瓊丹覺得很不好意思，但她知道這是真的。

所以……那個卑鄙的瑪莉亞本質上是個惡人嗎？真是如此嗎？

從今天早上的事看來似乎確是如此……

假如當時妮琪在廁所裡呢？事情可能變得很嚴重。妮琪不太是那種原諒與放下的人，她更像是一個報復者，極度忠誠，而且非常搞笑。她很會挖苦別人，這算是優點嗎？瓊丹無法判斷。因為妮琪單憑言語就能讓人痛苦不堪，即使是瑪莉亞和她的同伴，也都有點怕她；妮琪稱呼那幫人為小可愛團。

還好妮琪不在那裡，瓊丹知道這是她自己的戰爭。

在內心深處，一部分的她也了解，沒有進行猛烈攻擊其實提供了她最大的保護，尤其是假如她決定要去告訴黎弗頓老師的話。因為如果她出手拉倒和痛打瑪莉亞一次，或即使只是推她一下，就會毀掉任何防治霸凌案件成立的可能性。這時她看起來就會像是個攻擊者，雖然這真的是個自衛動作。

但比起外在看來會如何，更重要的是她自己。她想要保有她自己，不因瑪莉亞或其他任何人而讓她做出那種事或說出那些話。她必須自己來維護本來的自己。

太多想法了……要打架嗎？自從上幼稚園之後，她從來沒有和任何人打過架，而且她當然希望自己從六歲時起到現在又更聰明一點點！

「六乘以六等於三十六，六乘以七等於四十二，六乘以八等於四十八，六乘以九等於五十四……」她想。

有時，數學是個好東西；雖然困難，卻很好。數字是如此清楚而且單純，不必用字遣詞，沒有情緒，不耍心機。數字就像一個藏身處，一個無風的安靜角落。

瓊丹仍然覺得很熱，不過現在熱氣只存在於體外了。今天的數學，很完美。

至於強納森呢？她有點不願意承認，可是他也很完美。

7 氣象工作

十五英里外的瓊丹在數學課上揮汗如雨，而喬．史崔特坐在有隔音設備的涼爽播音室裡，對著麥克風說話。

「嗨，大家好，我是氣象小子喬，這裡是ＷＣＺＦ廣播電臺，調幅八七〇頻道。我這裡有幾個好消息，也有幾個壞消息。」

這是喬每次上線開播時的開場白。這樣說總是對的，因為如果今天是壞天氣，這樣的天氣並不會一直持續下去；而如果今天是好天氣，下一個較差的天氣很快就會到來。所以總是有好消息，也總是有壞消息。

氣象在伊利諾州中央區是件大事，它關係到玉米和黃豆會不會生根，或者猛烈的春雨會不會使得種子腐爛？作物在夏天能不能存活，還是會被曬到枯萎或遭冰雹打壞？什麼時候可以開始收成？明年家人是否仍然要在作物上方加個罩子？

這個地區的農人都收聽喬的廣播。當然，大家都可以從電視、網路、甚至口袋裡的電話得到一大堆氣象資訊。但喬是在這裡土生土長的氣象小子，是在他爸爸的農場裡開著曳引機長大的，農場就在南邊靠近黑沃斯的地方，而且他了解麥克林郡農場的泥土上都種了哪些作物。

當喬按下那個紅色的播音鈕之後，他的聲音總是既開心又充滿活力，可是在輕鬆的玩笑聲背後，他其實是一個氣象科學家，認真研究著電腦上的天氣型態，就好像他們掌握的是生與死的祕密。因為有時候，他們真的是這樣沒錯。

上午稍早時候，喬和華倫．夏恩之間發生了爭執。華倫是伊利諾州林肯市國立氣象服務中心的總氣象學家，氣象中心在喬的西南方大約五十英里的地方。

「華倫，我在這個地方長大，我要說的事情就只是今天這要命的高溫和潮溼，再加上所有剛犁過的田地都吸收了陽光。就我看來，這數據有錯，我認為我們可能會有一些麻煩。」

華倫表現得冷靜而有耐性。「我理解你的擔憂，可是雷達已經全面布署，山姆大叔❻花錢買下最棒的超級電腦，而我們從星期日

❻ 山姆大叔（Uncle Sam），縮寫為US，是美國人及美國的代名詞。

開始就朝六個方向去仔細分析資料。真的，目前看起來沒事，而且即使出現狀況，我們還有充裕的時間大聲發布警報。所以，放輕鬆點。去喝杯咖啡、看看窗外、打開冷氣，然後告訴那裡的農人，適合種植玉米的大好日子會來的。好嗎？」

「好吧，」喬說道：「你是老大，你說了算。」掛上電話時，這句話讓他們兩人都笑了出來，因為喬開了一個玩笑；在氣象這一行，唯一的老大是大自然，而它從不曾讓你忘記誰說了算。

8 遲開的花朵

瓊丹喜歡閱讀課勝過下課時間，甚至勝過午餐時間。閱讀是她最拿手的科目，也是她唯一落在領先群的科目。而且桑德林老師是她最喜歡的老師，因為他至少每週一次讓大家整節課安靜的閱讀。今天的課就是如此。

「嘿，我應該將閱讀放進『我做得很棒』清單裡才對！」她心想。不過這個念頭讓她想起了瑪莉亞，她一點都不願想起那個人。

現在她想做的事就只有閱讀。

大約一個月前，瓊丹迷上了動物的故事。在桑德林老師的教室圖書區裡就有幾本很棒的書，而且不只有新書而已，書架上有很多他自己的藏書，這些書伴隨著他成長。

她在一本老舊的精裝書《黑神駒》[7]裡找到了兩段獻辭，有一段是：「給吉米，媽媽和爸爸的愛，一九五三年耶誕節」，而在這段下方還有另一段：「給小湯湯，媽媽和爸爸的愛，一九八七年耶誕節」。

她知道湯姆是桑德林老師的名字，所以她猜想這本書最早可能是他在一九五三年送給他爸爸的禮物。

瓊丹想像桑德林老師當年還是個小孩的模樣，他在耶誕節的下午找了個安靜的地方蜷起身子，開始閱讀這本新得到的舊書。這幅景象使她露出了笑容。

書本綁架瓊丹的方式，就和她的回憶一樣。打開一本新書就像跳進一條湍急的溪流，她希望在那當時能夠做出對的決定。她仍然一直流汗。

不過至少在這大熱天裡，桑德林老師讓風扇一直開著，那是一臺有著黑色金屬扇葉的大型舊風扇，放在教室前方的木凳上，而每次它轉到一邊、開始往回轉向另一邊的時候，就會發出輕微的喀喀聲。大風扇並沒有吹出一絲微風，不過比起黏膩的靜止狀態已經好上太多了。下午她必須再回到桑德林老師的教室上第七堂的語言藝術課，那時會怎樣呢？到時如果能有流動的空氣就很棒了。

呼呼擺動的風扇掩蓋住教室裡大部分的聲響，卻掩不住瑪莉亞

❼《黑神駒》（*The Black Stallion*），美國擅寫馬故事的作家華特．法利（Walter Farley, 1915-1989）最暢銷的系列童書。

的聲音迴盪在女廁的記憶。那個女生所做的事如此惡劣，讓她整個腦子都燒了起來。這樣不好。

不過，瓊丹還是把自己抽離了出來，她不會讓一大堆關於瑪莉亞的不好念頭破壞她的閱讀時間。她才剛開始讀一本新書，內容是有關南北戰爭中的一個女間諜的故事；從封面看起來，她認為女主角的馬在故事中也是個重要角色。

她爸爸也喜愛閱讀。在她小時候，他幾乎每個晚上都會唸書給她聽，而後來，當她年紀稍大的時候，他仍然繼續這個習慣。他們唸書的範圍逐漸擴大到推理小說、傳記、冒險故事、間諜小說……好多好棒的書。

間諜小說……

一個回憶浮現，那是發生在去年十二月中旬的事。

瓊丹聽到媽媽和爸爸在起居室裡小聲說話，這時她聽到自己的名字，於是她猜想他們可能在竊竊私語討論她的耶誕禮物。

她躡手躡腳靠近，偷偷的探查一番。

他們其實是在討論學校的事。瓊丹剛把第二張成績單帶回家，上面全是C和C^-；只有一個B，是閱讀課。

「我很擔心啊，詹。」媽媽都是這樣叫爸爸，他的名字是詹姆士。「瓊丹的表現不是太好耶。」

「和什麼比？」爸爸說道。

「當然是和其他的小孩比囉。」

「她的成績排在中等，」他說道：「有些小孩比她好，有些比她差。這樣沒什麼問題啊。」

「我只是想要她做得……更好，如此而已。」

瓊丹聽出媽媽聲音中的擔心。

「她會很好的。」爸爸說道：「她過得很快樂，而且愛人如己，至於她的成績？會進步的，她只是一朵遲開的花[8]啦。」

「可是，如果她的成績沒有變好……」

「親愛的，她一定會很好的。我們都知道她很努力，這樣的她已經有百分之九十五的成功機會了。而且比起得到好成績，人生裡還有更多的東西啊。所以你就放輕鬆吧，好嗎？她是個好孩子，我們必須讓她做她自己。」

媽媽嘆了口氣。「我只是想太多了吧。你是對的，我知道你說得對。」

瓊丹悄悄的退後離開，心情很糟。

她回到自己的房間，噗的倒在床上。她仰躺著，眼神空洞的盯著上方。此時一個畫面浮現腦海：一株藤蔓長在通往後院花園的拱廊旁邊。

三月時，籬笆邊的藤蔓從地裡抽出了幾根小枝條；到了六月，它長成一個樹葉繁茂的綠色大天篷，將拱廊整個蓋住；而在八月底的時候，它看起來活像是叢林電影裡的場景，爸爸有時候還真的用大彎刀砍下茂密的枝葉。

接著，在九月快要結束時，第一場霜到來前的幾個星期，突然爆開的數百朵小白花覆蓋了拱廊，在寂靜的傍晚，後院裡滿溢著甜美的芬芳。

遲開的花朵。

❽「遲開的花」英文為 late bloomer，亦有「大器晚成」的意思。

爸爸認為她現在處於受困底部的階段，現在沒有很棒，但好事終究會來臨。而媽媽多少也同意這個想法。

「所以，他們一直在討論、擔心、為我爭論嗎？」她想。

想到這裡，她感到一陣驚慌。

儘管如此，她還是很高興聽到他們談這件事，聽到他們對她毫無掩飾的看法：長相普通，而且表現也普通。

在和她一對一談話時，他們總是會說些鼓勵的話。可是每當媽媽或爸爸這樣對她說話時，那感覺有點像是教練對著一支快輸球的球隊喊話打氣。

爸媽的對話並沒有停在很糟的結論，他們不認為她是個完全的輸家。知道他們相信她終究會變好，這感覺很好。

因為大部分時候，瓊丹也是這麼認為。

她甩開回憶，翻開新小說到第三章，讓自己完全投入故事情節之中。

然而，她有一部分的心思在看著自己正在做的事，也就是閱讀這本很棒的書，然後和她一分鐘之前一直在做的事（擔憂她的人生）相比較。

閱讀這本書最棒的是什麼？它有個很出人意表的開場，接著是一連串的事件，然後到達結尾，而且結局已經寫好了。從封面到封底，每件事情都很圓滿、很美好，而且很棒。一字一句往下讀，一頁翻過一頁，而結局已經確定了，只等著你到達終點。

閱讀這本書的過程和她的人生真不像啊……但讀書不正是她人生的一部分嗎？而且有時候還是人生中很大的一部分，不是嗎？因為她真的好愛閱讀……太複雜了。

瓊丹甩甩頭擺脫這些思緒，將腦中所有的字詞都封鎖起來，除了她正在閱讀的新文字。

還不到十秒的時間，她甚至忘記天氣有多熱了。

9 有點邪惡

閱讀課結束了，瓊丹不想去上體育課。從去年九月以來，今天一定是最熱而且會流最多汗的體育課。

而且不用說，瑪莉亞會在那裡。

不過，凱莉也會在那裡，所以那樣很好。當凱莉在附近時，瑪莉亞就會保持良好的行為，雖然她仍然非常壞。

最棒的是，妮琪會在那裡。

強納森也會在那裡，他是男生組，在體育館另一頭。雖然看不到，但確實在那裡。

妮琪是對的，她真的太在意他了……

妮維斯老師也會在那裡上體育課，但也不完全是真的在上課。

「妮維斯老師，這又是一段複雜的關係。」瓊丹想。

她在飲水機前左轉，進入一條長長的走廊，朝體育館走去。年復一年，只要是上學的日子，她都會走這條路，不過從去年九月開始出現一個大變動。就在她升上六年級之後，妮維斯老師成為拜爾德小學女生組的新體育老師，那是因為貝琳頓老師過了暑假之後要退休了。

因為貝琳頓老師的緣故，體育課一直是瓊丹表現最好的課程之一。她最喜愛貝琳頓老師哪一點呢？她從不曾因為任何孩子無法做到而責備她們，不像妮維斯老師。

瓊丹知道她不是肢體最協調的小孩，也知道她在團隊之中容易緊張；緊張來自於必須準確做出某些動作時所形成的壓力，例如傳球給隊友射門得分。她也知道自己沒有其他某些小孩的速度或耐力。對於這些事，她很有自知之明。

貝琳頓老師總是告訴瓊丹說她做得很好，說她在運動方面的表現很好，是個很好的隊友，而且一直在進步。她從未讓瓊丹覺得運動表現普通有什麼錯，不像妮維斯老師。

新老師的體育課開始前十天，感覺並不是很好。妮維斯老師沒有清楚說明她對學生的要求，卻在她們沒有做到她未事先說明的事情之後加以苛求與責備。

不過足球季開始之後，瓊丹和妮維斯老師開始有比較良好的互動。當瓊丹彎過轉角走進體育館時，她露出微笑，回想起上個足球季是怎麼結束的。她搖晃一下書包，聽到一個輕柔的金屬叮叮聲，像是一個小小的鈴鐺……

沒錯，它還在。

體育課還沒開始，這時她在一邊的露天看臺上看到凱莉和林德莉、凱薩琳在一起。還有瑪莉亞。

「噢，看哪……那是小可愛團的聚會耶！」瓊丹想。但她用力甩開這個小小的想法。這肯定不是個好念頭。

凱莉看到她，對她微笑，然後揮手要她過去。

其他女孩沒有微笑，也沒有揮手，根本當她不存在。

瓊丹知道她們並不希望她在旁邊，可是她才不管呢，她微笑著對凱莉揮手，走了過去。這多少算是在做一件不好的事，但這是個自由的國家，對吧？

在她加入這一群人之後，瑪莉亞立刻轉身背對著她。瓊丹故意忽略這無聲的侮辱，對其他三個女孩說聲「嗨」，接著她表現得彷佛正專心聆聽她們閒聊的內容。

其實她並沒有在聽她們說話，她的思緒回到幾個月前，她剛才聽到書包裡發出的那個小小鈴鐺聲，觸發了她的一個回憶。

妮維斯老師也是女孩們的足球教練。回到十一月，當球季結束時，她們獲得驚人的不敗戰績，球隊裡所有其他的女孩都得到一個大大的金獎盃。瓊丹得到的則是別的東西，一個附上紅色絲帶的小巧銀色哨子。

因為事實就是：瓊丹沒有參加足球隊，不算是真的參加。

嚴格來說，她一開始的時候有參加，因為任何參加選拔的人都自動成為隊員。她的足球技術還不錯，可是她立刻明白自己不會在任何真正的比賽中出場。隊上大約有十五個女孩真的很厲害，當然，凱莉是其中一人，瑪莉亞也是，還有妮琪。

瓊丹不想要只是坐在板凳上打蚊子，所以第二次練習結束之後，她問妮維斯老師是否可以擔任她的助理。一開始妮維斯老師以為她是說著玩，後來才明白她不是在開玩笑。

妮維斯老師揚起一邊眉毛，對瓊丹半皺著眉頭說道：「好吧，如果你能說明越位[9]是什麼意思的話。」

結果，瓊丹完美的說出了越位的規則，讓妮維斯老師相信她是真的了解足球。因為她確實知道啊，就像她很懂得怎麼照顧小提琴一樣。

可是瓊丹知道比賽規則又怎麼樣呢？這種協助並不是妮維斯老

師所需要的。瓊丹看得出來這位女士有十分之九處於混亂狀態之中，而她帶足球隊練習的狀況甚至比上體育課還糟糕；她的體內似乎缺少有組織的細胞。她每天都帶著制式寫字夾板和鉛筆，但瓊丹從未看過她寫過筆記或是去追蹤大家的進度。

女孩們到場後，妮維斯老師會大聲喊出幾個指令。在稍微暖身運動之後，每個人就只是跑圈圈，在場上隨意的踢著足球。混亂持續了大約十分鐘之後，妮維斯老師會大喊：「所有人，停下來！過來選紅色或黃色的背心，我們來比一場囉！」而這就是足球的訓練內容。

真是可悲啊。這支球隊需要重整，需要做反應訓練和基本練

---

❾ 越位（offside），足球規定之一。進攻球員把球傳給對方半場的己方隊員的瞬間，這名未持球隊員比最後一名防守球員更接近對方球門，即屬越位。

習，需要一個計畫。可是瓊丹沒辦法就這樣對大家下達指令。她開始提出一些小小建議，她會說：「嘿，妮維斯老師，在分組練習比賽之前，或許我們應該花個十分鐘，用三角錐來做盤球練習？」

而教練會說：「聽起來不錯。」然後喊出這個指令。

或者瓊丹會說：「在暖身運動之後，讓大家來點短跑如何？」

妮維斯老師就會聳聳肩說：「聽起來不錯。」

瓊丹很快的學到一件事，妮維斯老師不太在意球隊在做什麼，只要在下午四點零五分晚班巴士出現前，沒有人受傷而且所有人都待在場上就好了。

瓊丹成為幫忙妮維斯老師做規畫的人，而不到兩個星期，基本上球隊變成她在管理。教練依然拿著寫字夾板和鉛筆，而且仍然由她發號施令，但幾乎所有活動內容都是來自瓊丹所列印的工作表。

訓練先由伸展和熱身運動開始，接著是慢跑和短跑，然後是球技訓練，包括盤球、鏟球、傳球、發邊線球、射門、角球。瓊丹會去確認兩名守門員都將時間花在防守球門的練習上。每次訓練的結尾都會進行一場比賽，不過大概只花了二十分鐘時間。

當首次比賽對上傑佛森噴射機隊時，拜爾德黃蜂隊以五比零的成績徹底擊潰了她們。接下來這支隊伍持續贏球。

大約在四天之後，凱莉發現瓊丹已經變成遙控教練了，她覺得瓊丹很厲害。瑪莉亞則是在凱莉告訴她之後才知道的，而她完全不認為這有什麼了不起。

那麼，瓊丹在這個足球季裡了解到什麼事呢？無論何時，只要凱莉表現出對瓊丹一點點好，似乎就會讓瑪莉亞感到抓狂。瑪莉亞需要感覺到她是凱莉唯一的好友；瑪莉亞在嫉妒！

這實在說不通。

因為瑪莉亞很漂亮，她是個優秀學生、天才運動員，而且她的大提琴拉得幾乎和強納森・卡德利一樣好。所以，那樣的女孩怎麼可能會嫉妒她——瓊丹，長得普通且表現普通的女孩呢？這是個謎，而且很惱人，尤其是在整個足球訓練期間。

於是，十月的某一天，在容忍了瑪莉亞幾打的粗魯批評、數百個斜眼及百萬個微蹙眉頭的嘲笑表情之後，瓊丹低身繞過跑道那一邊的器材室轉角，找到兩塊她之前已經鬆動並推到一旁的混凝土空心磚。她伸手進去洞裡，很好，東西還在！她拉出一個細長的鋁盒，輕輕拍彈閂釦，打開盒蓋，拿出她的十字型微中子槍。她將噴嘴滑到一角，聚焦於觀景窗，小心瞄準目標，然後……滋滋滋！瑪莉亞．哈金斯化為一縷淡粉紅色的芳香煙霧，消失在足球場上！

這不是瓊丹真實的回憶，只是內心的盼望而已；這是一個不好的念頭。

而且有點邪惡。

此刻站在水氣濛濛的體育館裡，正好是星期四上午的鐘響前，她仔細的審視著瑪莉亞，不過不是看著她的臉，因為那女孩仍然背對著瓊丹，試圖忽視她，想要讓她感覺到自己有多麼被討厭。

瓊丹仍然繼續注視著，突然她僵住了，她甚至覺得自己看到的不是一個「人」站在那裡。對她而言，瑪莉亞變得愈來愈不像一個人，而愈來愈像一團巨大又醜惡的糟糕回憶。是誰一遍又一遍的重溫那些不好的回憶和受傷的感覺？

「我，我自己，都是我。」她想。

這一刻，瓊丹領悟到瑪莉亞所做的事對她真的非常有幫助。沒錯，她的手法卑鄙又下流，可是仍然很有幫助，因為瑪莉亞迫使她去面對自己內心的不耐煩、卑鄙和下流的部分，比如想要猛力抽出噴槍開始對她發射的念頭。

對人好原本是容易的，如果世界上都是凱莉的話；可是要對瑪莉亞這樣的人好，那又完全是另外一件事了。

「對瑪莉亞好？這有可能嗎？」她想。

這個問題像是一陣電流擊中了瓊丹，她的心真的開始怦怦狂跳起來。

隨之而來的想法甚至將她整個人都點亮了：我應該這樣做！

我知道該如何由衷的對那種女孩好嗎？即使她一次比一次更加

卑鄙？做得到的話一定非常驚人！

至少，這表示「好」必須提升到新的水準，而它要求的做法會超出你的普通範圍，超出了你平常所謂的「好」。

因為只是忍住不去痛打瑪莉亞一頓，不去用力拉扯她的頭髮，也不把她提報到防治霸凌的輔導室……忍耐不做這些事不是真正的「好」。大部分時候她內心仍然希望能夠去做那些事，不過沒有真的付諸實行。

不行。這即將出現的全新的「好」必須由鋼製成，具有工業級強度的好。令人敬畏的好。足以得獎的好。

可是……難道這表示她必須忘記瑪莉亞這一整年來所做的和說的那些恐怖的事——真的能原諒她嗎？

想到這裡，好像在所有事情上澆了一桶冰水。

瓊丹突然覺得所有要對人好的想法很愚蠢，像是因為發燒而作了場瘋狂的夢。也許這個念頭突然出現在她腦袋的唯一理由，只是因為今天這可怕的熱……

然而不管這個念頭是怎麼進到她的腦袋裡，現在它的確在裡面了。接下來的體育課時間，她沒辦法阻止自己繼續想下去。

10 困惑

體育課的結果比瓊丹原先預期的更好。妮維斯老師不希望有人過熱或脫水，所以她拿出給很小的孩子使用的器材，有沙包、套圈圈、呼拉圈，以及幾個泡棉玩具飛盤。她還推出一個冷藏箱，裡面裝滿小瓶裝的運動飲料。由於沒有要大家一起做的運動，所以大部分的人只是閒坐在墊子和看臺上，邊聊天邊喝冰涼的飲料。

妮琪在最後一秒鐘才衝進體育館，她遲到了很久。結果她和瓊丹一起坐在靠近大電扇的角落，她們來來回回的拋著沙包。

瓊丹思索著，想告訴妮琪有關她對「好」的新想法，她試著在腦袋裡模擬一遍。

「那個，我在幾分鐘前有了一個想法。」

「是喔？是什麼？」

「不論瑪莉亞．哈金斯說什麼或做什麼，我都會對她好。」

「噢，我想你應該在那個皮包骨討厭鬼落單的時候去找她，然後輕輕敲她一下，準準的敲在鼻子上，我跟你保證，所有問題都會解決。這是我處理霸凌問題的方法，我二年級在加州的時候用過。效果又快、又完美。」

妮琪真的這樣告訴過瓊丹，有一次她就是用這個方法去對付霸凌的問題。可是她無法想像自己揍瑪莉亞。因此，她們只是拋擲沙包，聊著暑假計畫。然而在瓊丹的記憶深處，仍然一直盤旋著這個新想法。

體育課結束時，她決定讓這個「對瑪莉亞好」的想法浮上檯面，在未來幾天分階段實行看看，也許做個一、兩次測試，看看是否有任何成功的機會；不過，這只有在萬不得已要與瑪莉亞碰面的時候才能測試。

她仍然希望盡可能離瑪莉亞愈遠愈好。

結果證明，瓊丹不必特意去處理這件事。

由於她和妮琪下課後留下來幫妮維斯老師收拾器材，因此她們到達自助餐廳時，只能拿著托盤排在午餐隊伍最後面的位置。

星期四是披薩日。比起學校的其他空間，烤箱的熱度將餐廳的室溫提高了華氏十度之多，不過披薩真的很棒，就算多流點汗也值得。瓊丹只希望在她走到披薩檯之前，披薩不會被拿光。她以前學到的一件事就是，如果午餐時間晚點到，就能拿到放在冷藏箱最底層的牛奶，那裡的牛奶最冰涼了，所以晚到也不錯。

當她將托盤往食物方向滑過去時，她的手肘旁邊有人在低聲說話：「嘿，注意！這位是神奇的瓊丹．莊士頓，這個人很會照顧孩子喔！」

是瑪莉亞，她和林德莉就排在她的後面。

瑪莉亞繼續低聲說著：「拜託……你願意告訴我幾個當保母的厲害祕訣嗎？因為這是我的夢想呀，我想要成為一個很棒的保母！有一天我想參加保母奧運，因為得到獎牌的人可以拿到全年分的免費尿布。拜託、拜託、拜託啦，可不可以告訴我，你那些令人讚嘆

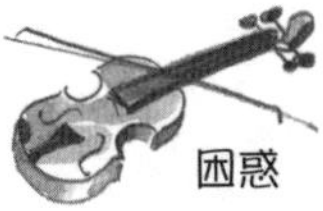

的成功保母經驗有什麼祕訣啊？」

因為她們覺得瑪莉亞演得太滑稽了，兩個人咯咯笑著，還互相戳弄著對方。

瓊丹通常不擅長譏笑別人、讓對方無法招架，不過一個完美的回答突然在她腦中閃現：「祕訣嗎？有一個啦，那就是絕對不要當超級笨小孩的保母，因為我曾經對付過一個真正的大嬰兒，她的名字叫做瑪莉亞，她把自己的超級大頭塞進幼兒用的小馬桶裡，結果消防隊員得來救她。而自從那次之後，那個可憐小女孩的嘴裡就吐不出一個好字，因為她的嘴變成一個真正的馬桶了！」

瓊丹並沒有這樣說，但她知道，假如現在想要測試對瑪莉亞好的那個想法，就必須趕在妮琪跳進來讓事情變得更亂之前快點說些什麼。

瓊丹轉向瑪莉亞，對她露出最溫暖、最甜美的笑容，然後用最真誠的聲音說：「你知道吧，你說的很多話都像是創意十足的文章。下個學年你進入中學之後，應該加入校刊社，真的！」

接著，她再次微笑，轉身拿著托盤，用手肘輕輕推妮琪、要她往前移動。瓊丹快速往前兩步，將一個裝著柳橙果凍的碗從玻璃架上拿下來。

瑪莉亞以為瓊丹在捉弄她。「噢，是這樣嗎？」她發出冷笑，仍然低聲說：「喂……」

但林德莉打斷她的話。「你真的應該去參加！比方說，在校刊上開一個八卦專欄；喔，或者開個時尚專欄！」

「我？」瑪莉亞說道：「別傻了！」

可是瓊丹聽得出來她很得意。

與此同時，她已經拿好想要的食物。結帳後她很快的走開，留下瑪莉亞和林德莉在爭論是要做煽情的新聞好、還是當紅的時尚比較好。

瓊丹跟在妮琪後面，選了一個離小可愛團很遠的桌子坐下來，這個位置很好。她不想讓瑪莉亞看到她的臉，她知道自己無法隱藏內心的驚訝。

要真心對她好，真的這麼簡單嗎？

現在要確定還太早了。

不過可以確定的是，熱騰騰的披薩和冰涼的牛奶從來不曾如此美味過。

11 堡壘

「關於保母什麼的是在吵什麼啊？」妮琪問道。她已經吃完東西了；每次都是她先吃完。於是瓊丹告訴她三個清單的事，還有瑪莉亞如何拿到這些清單，以及導師時間之前在女廁發生的事。

「保母就列在『我做得很棒』清單上面。」

「嗯……」妮琪說：「上面還有什麼項目？」

瓊丹皺起鼻子。「沒有很多，事實上，只有園藝。」

「唉唷，這太離譜了吧！」妮琪說：「你做得很棒的事情有很多呀。」

「是啊，」瓊丹笑得很勉強。「比方說呢？」

「唔……像是很夠朋友啊，還有總是很準時……而且每天都會好好寫完作業。你是我所認識的人當中，唯一一個總是將每個工作都照顧到無微不至的人。」

「但是我有一半都做錯。」瓊丹說道。

「才不是呢，如果你真的有一半都做錯，那麼你會得到全是F的成績，可是你大部分的成績都是C啊。你也很會照顧動物，還很會騎馬。」

瓊丹想著這些事。她爸爸不是農人，不過他們住在一個土地約有十二英畝大的老房子裡，距離鎮上有幾英里遠。他們有穀倉，裡面養了兩匹小馬，名字叫馬吉和荷莫。還有一匹奎特馬⑩，是名叫辛德絲的小母馬。他們也有三隻綿羊、四隻小雞、一隻大公雞，以及一隻年老的邊境牧羊犬，牠叫做雪波。大部分時間都是由瓊丹負責餵養動物，而且幾乎每天早上都是她負責收集新生的蛋。她也負責照料馬匹，而且至少每週一次會騎著辛德絲出去繞繞。她從沒上過騎馬課，不過從八歲開始，媽媽就教她西部騎術。妮琪說得沒錯，現在的她真的很厲害。

可是有件事瓊丹不願說出口，即使是對妮琪也說不出，她自己也幾乎不去想這件事。她做得很棒的事都是些無關緊要的事，至少在學校裡是如此。這類事是因為她很熱愛而做得很棒，但那又怎麼樣呢？這些事情無法讓她得獎或受歡迎，也無法讓男孩注意到她。

---

❿ 夸特馬（quarter horse），美國最普遍的馬種，擅長短距離賽跑，因此常被作為賽馬。此外，這種馬亦能擔負起趕牛、耕種或駕車等工作。

而如今六年級就要結束了，只剩下一個星期而已。回到去年九月，那時她為這個學年訂下一個大計畫，這個計畫就是：她要在榮耀的光輝和勝利的光芒中，以超級巨星之姿離開小學，堂堂邁入中學。現在殘忍的事實擺在眼前，什麼事情都沒有發生。她這整個六年級完全失敗。這真的讓人好……沮喪。

瓊丹嘆了一口氣，不過聲音沒有大到需要向妮琪解釋。

「呃，總之，」她說：「因為那些清單，瑪莉亞認為她拿到一整桶爛泥巴可以往我身上砸。但我不會反擊她。我不管她做的事，我會對她好。」

聽到這裡，妮琪做了個鬼臉。她有三個兄弟，兩個哥哥，一個弟弟，再加上她從幼稚園以來已經轉學四次，她對一個小孩要怎麼靠自己立足有強烈看法。

「所以，你剛剛才會那樣做吧！」她說：「本來我已經準備把一塊蛋糕砸到那個蛇女的臉上了，而且我很樂意隨時為你去打她的鼻子。」

「唔，」瓊丹說：「先別這樣。我想要用我的方式做做看，或者至少試到可以看見之後的發展。」

妮琪聳聳肩。「你覺得好就好囉。但我還是認為，一頓好揍才是上策。」

她們將托盤拿去放，然後走出去。現在是十一點十五分，陽光刺眼到讓她們瞇起了眼睛。教室裡已經很熱了，自助餐廳裡又更熱，不過運動場才是最熱的冠軍。一陣微風吹過柏油路面，卻無法將溼氣吹散。

她們沿著籬笆走向樹林，妮琪說：「那你能回答瑪莉亞問你的問題嗎？關於做一個好保母的祕訣？」

瓊丹不確定妮琪是不是在跟她開玩笑，她在開口回答之前想了一秒鐘。

「我確實有祕密武器，尤其是照顧剛學走路的小孩特別好用，那就是蓋堡壘。」

妮琪斜著眼看她。「堡壘？那是超級祕訣嗎？」

瓊丹點點頭。「小孩子很愛蓋堡壘的，然後就會在裡面玩了起來。只要一張桌子、一條毯子、幾個大硬紙箱、兩張椅子和一件床單，你就可以做出一個堡壘了。有個叫做詹森．雪摩的小孩和我，我們一起做出一個很棒的祕密基地。我們將咖啡桌向一邊傾斜，靠在沙發椅背上，然後披上四件雨衣當做屋頂和牆壁。至於卡佛斯家的房子呢？在前樓梯的底層有根高高的杆子，這就是圓錐帳篷最完美的中心柱了。所以囉，這是我的答案：堡壘。」

她們坐在樹下，樹蔭大幅提升了她們對這高溫的忍耐力。最近的雨水讓草變得深長而柔軟，瓊丹背朝下躺著，看著頭頂上方的樹葉。她已經很厭煩聽到自己說話，而且她十分確定妮琪也已經聽夠了。講話是很花力氣的。

不過她還是可以說更多有關保母的事。

「我真的在這方面做得很棒。」她想。

而這是可以引以為傲的事情，她非常確定。

保母工作要有創意，還有親和力以及耐心……而且有時候會發生緊急狀況，像是邦妮．波喜被一大塊蠟筆噎住那一次。瓊丹在她的背上重重的拍了一下之後，蠟筆塊才掉出來，但是當時她的嘴唇已經開始發青了。你真的必須隨時保持高度警覺才行。

發生蠟筆事件的那一個晚上，她遲遲無法入睡。因為假如邦妮一直噎著呢？然後就這樣死掉呢？

不對，保母並不是個笑話。可是……瑪莉亞說過那些拿獎牌和贏到免費尿布之類的俏皮話呢？那真是非常好笑……

當然，尿布是這個工作的一部分，清理其他的混亂狀態也是。比如，當高夏克雙胞胎打翻五英鎊的麵粉、然後當做雪地般在上面滾來滾去的時候。

這時蓋堡壘也是個很好的解決方法，可以讓小孩一直很忙。

在建好堡壘之後，你可以爬進去玩紙牌遊戲、畫圖或用手電筒讀故事。而到了午睡時間，只要放進枕頭、填充玩具、毯子，全世界最好奇搗蛋的學步小孩就會變成開心的露營小子了。

蓋堡壘，永遠是最佳的保母祕訣。絕對是……

然而想到這裡，又將她的思緒帶回到自助餐廳，回到午餐排隊時那個對瑪莉亞表現友善的事……那樣做真的有用嗎？

或者，因為這方法讓瑪莉亞嚇了一跳，所以看起來好像有用？這效果似乎有點太好而顯得不真實。

她從科學裡學到一件事，那就是要做過很多次成功的實驗，才能證明理論確實是對的。而她沒有太多時間去證明，畢竟距離暑假只剩一個星期了。

當然啦，也可能還有下一個學年可以測試這個理論，假如瑪莉亞沒有去別的學校、而她也沒有的話。

她往上看，視線穿過樹冠，鮮豔的藍色天空只有一小團膨膨的高空雲朵迅速移動著。

日子移動的速度甚至更快。很難相信六年級這麼快就要結束了，接下來小學的日子不再有了。永遠都沒了。

只剩下一個星期，接下來整個夏天不再有瑪莉亞出現，這個對她好的大實驗必須暫停三個月。

當然，一個星期可以發生很多事。這樣說來，一天之內也可以發生很多事，很多很多。

12 上升氣流

瓊丹在學校運動場往上看到的那些高空膨膨雲，同樣也吸引了喬・史崔特的注意，只不過他看到的是不同的層面；這些雲讓他很憂心。

有兩件事讓他感到煩惱。首先，像今天這樣的日子，只要有雲就表示有狀況。雲朵顯示可能有上升氣流，即溼熱的地表空氣柱被直直往上拉。

另一件事他不喜歡，雲朵怎麼移動得這麼快速。這裡有基本的

天氣因素在作用著。噴射氣流位在二萬五千或三萬英尺高的地方，這巨大的氣流由西向東移動著，速度非常快，時速達到一百五十或甚至二百英里。這並不是非常少見的狀況，可是，北極噴射氣流竟然立刻就下移到南方這麼遠的位置？不妙。它會造成高層大氣的不穩定。

再加上，氣流到達地面上方四英里高的地方時，大氣氣溫大約是華氏零下三十度，形成了高空是移動快速的冷空氣、下方是潮溼熱空氣的狀態。不過，除非冷、熱空氣開始碰撞在一起，否則不真的是問題。

這又引著他將焦點移回到那些雲，它們可能是空氣柱開始將熱和水氣往高空推升的證據。

喬有華倫的電話號碼，就儲存在速播按鍵裡面。他按下按鍵，等著電話接通。鈴響了七聲，然後轉到語音信箱：「我是華倫・夏恩，伊利諾州國立氣象服務中心的總氣象學家。請留言，我會盡快回覆。」

喬讓自己的聲音保持冷靜和親切，幾乎到了愉快的程度。

「嗨，華倫，又是我，WCZF廣播電臺的喬。我想要知道你對於那些高空雲形成的看法。現在的雷達影像不是非常清楚，而我想知道你是否還有其他資料。所以，你方便的時候請回我電話。非常謝謝你。」

喬掛上電話，旋轉椅子回到電腦螢幕前，然後點選更新雷達影像。就在他剛才講電話的時間裡，已經有更大量的雲湧現了。

無疑的，天氣狀況正在改變。

13 膽識

美術課結束了，瓊丹還沒來得及完成手上的大布條。她已經將所有字母都畫好了輪廓，可是只有C、O、N三個字母塗上了顏色。現在進行的事情正是她最拿手的。

特金斯老師讓所有人都很輕鬆，原因不只是這個大熱天，她已經偷懶了一整個星期。因為現在太接近這個學年的尾聲，沒辦法啟動什麼新的計畫，所以他們開始為下週五的六年級畢業典禮製作布置用品。

呼……這樣並不表示畢業是什麼重要大事！

雖說如此，瓊丹還是覺得每件事都即將到達終點。

這也是為什麼今天放學後要做額外的樂團排練，就是為了畢業典禮做準備。管弦樂團要演奏艾爾加的《威風凜凜進行曲》，接著校長和教育廳長會說幾句話。

「這不是結束，而是下一個開始。」

瓊丹確定像這樣的話一定會出現在某個人的致詞裡，以前她在姊姊艾莉的六年級畢業典禮上聽過類似的話，然後在她八年級畢業典禮上又聽了一次。

有點陳腔濫調，不過是事實。

致詞之後，校長會發給每個六年級學生一張畢業證書，也就是說，除了艾迪森．雷哥以外的每一個人都會拿到；所有人都知道艾迪森必須重讀六年級。

每當瓊丹對學校的事情感到非常苦惱時，只消想到可憐的艾迪森有多麼坎坷，瞬間她的人生看起來就變得很好。那個人真的有好多麻煩。

對艾迪森有這樣的想法讓瓊丹覺得很可怕。可是如果有一天這樣的事發生在她身上，或許有些家長會告訴他們的女兒說：「小姐，你最好努力讀書，否則你很快就會比那個不幸的瓊丹·莊士頓還要悽慘！」這會讓她覺得更可怕。

總之，除了艾迪森之外，每個人都會畢業。

而且要向所有老師說再見。

還要離開拜爾德小學。

永遠離開。

瓊丹在大水槽裡洗好畫筆，她領悟到下星期五走進禮堂時，她抬頭看到的會是十八英寸高的字母寫成的「CONGRATULATIONS」（恭喜），這是她自己畫的字母，感覺上有點像是在為自己的生日派對烘烤蛋糕一樣。

下課鈴響時，六年級生沒有像平常一樣衝出教室，他們慢慢步入走廊，拖著緩慢的步伐往下一個教室走去，像是疲倦的囚犯從一間牢房移到下一間。沒有太多交談聲，而且幾乎聽不到笑聲。

瓊丹看著樂蒙老師的自然課教室外牆上的溫度計顯示：華氏八十六度，攝氏三十度，絕對溫度三〇三點一五，而相對溼度則為百分之七十九。

「嘿，小心點！」

「你才要小心點，笨蛋！」

瓊丹轉身，剛好看到威爾．菲尼格猛力將瑞德．安迪生推去撞置物櫃。

桑德林老師從門口出來，快步衝過大廳到他們兩人中間，兩隻手像交通警察一樣高舉著。

「你們兩個，住手！各自去上課，不准再和對方講一句話，否則你們兩個都得去校長室，聽到了沒？」

兩個男孩繃著臉點點頭，於是走廊上往來的人潮又開始緩慢的流動起來。

瑞德至少比威爾高出一個頭，瓊丹很驚訝小個子可以這麼猛力的攻擊大塊頭，而且他竟然會想要那樣做。事實上，他們是最好的朋友啊。

一定是因為太熱了。

社會課的內容和平常一樣。在鈴響後三秒鐘，夏恩老師說：「我們用十五分鐘複習課本第三七八頁到三九五頁，接著會針對西元前十四年開始的提比留皇帝[11]統治時期進行討論。針對這份資料，明天或下週一會進行一次測驗，所以大家要仔細做筆記，尤其是羅馬皇帝和元老院的關係。現在請打開課本，立刻開始。」

瓊丹大大嘆了一口氣，埋頭在課本裡。夏恩老師沒有讓步，沒有疲倦、緊張、煩躁或痛苦，她看起來甚至不覺得熱。她沒有放棄課程計畫，一點也不屈服在熱浪或學年末的瘋狂中。

唔，我想，有個人努力讓事情如常運作是很好的……

可是，感覺上有點沒意義。西元前十四年的提比留和元老院？知道這些又能幫上她什麼？除非她想要在電視的益智問答節目過關斬將；那些參加挑戰的人看起來無所不知……

就在她打開書本時，一張折疊的紙片飄過她的左肩，落在膝蓋上。是一張字條。

她沒有回頭，不用看也知道是誰丟的。社會課是沒有分組的，沒有依照能力高低劃分。也就是說，瑪莉亞回來了，就坐在她的左後方兩個位子。

一旦確定夏恩老師的注意力轉移到其他地方，瓊丹拿起紙片，打開來，然後在書的右頁上攤平，這樣她就可以讀這張字條。

我正在為下學年的校刊寫一篇文章，題目是「成為完全輸家的感覺」。我可以和你約時間採訪嗎？

⓫ 提比留（Tiberius, 16BC-37AD），羅馬帝國第二任皇帝。

瓊丹感覺到她的雙耳耳尖開始灼熱。

不！她不會讓自己感覺受到侮辱。或是憤怒。或是類似她想走到後面，將紙條塞進瑪莉亞的嘴裡，然後逼她嚼碎或吞下去。不要。絕不。

這正是開啟另一次「對她好」實驗的好時機。

現在是該保持冷靜，該做個深呼吸。

「但是，我可以說什麼或做什麼才會是好的行動呢？」她想。

假如她的回答像這樣：「要採訪嗎？好啊，隨時都可以。」這看起來似乎是在挖苦，或者顯得很愚蠢。對人好不表示她必須假裝自己是笨蛋。

「因為我不是。我不是呀！」她想。

突然靈光一閃，她有了點子。她知道該怎麼寫了。

瓊丹將紙條翻到背面。

親愛的瑪莉亞：

對於你認為我是個輸家，我感到很遺憾，因為我知道我不是。不過如果你真的想要採訪我，我們可以約明天午餐後的時間，我確定這場談話一定很有趣。

誠摯的，

瓊丹

瓊丹快速將她的回答讀過一遍，差點想把紙條撕掉。誰相信一個正受到欺負的人會這麼好心？看起來假假的。

她花了一點時間慢慢再讀一次，而這次她的體會不太一樣。

其實真的很單純，她回覆給瑪莉亞的每一句話都是真實的。她沒有讓自己抓狂或罵她蠢蛋，沒有試圖攻下一分或占一點上風。她只是誠實以對，不讓受傷的感覺干擾她。這種「好」需要點膽識。

她將紙條重新摺好，塞進左手掌中。她拿起鉛筆，站起身，往後走到門邊使用削鉛筆機。削好之後再沿著原路走回座位，經過瑪莉亞的座位時，讓紙條滑落到她的桌角。

之後，瓊丹將這所有的事情拋出腦外。她真的非常喜歡閱讀古羅馬的陰謀和權力鬥爭，感覺很像假期的心情。

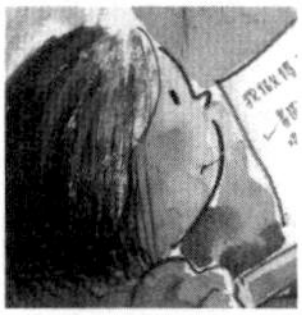

14 獲勝

在桑德林老師的教室裡，瓊丹注意到電風扇吹出的風有股馬達過熱的味道，但煙霧警報器並沒有作響，而且風扇仍然擺頭吹動空氣，仍然在每次轉到底時發出小小的喀啦聲。

和夏恩老師不同的是，桑德林老師幾乎放棄了原來的課程計畫，考試、測驗、作業都被丟出窗外，瓊丹對這樣的結果感到很開心。不過這個人還是讓他們忙得很，這一整個星期他都端出一張「四十三分鐘小課程」菜單。今天，他簡直高興得太過頭了。

「好啦，聽我說，今天我們要寫的是大家都非常熟悉的題目，一種很常見的情況，而我們每個人對此都會有自己獨特的體驗。題目是：可怕的熱與溼。嘿，很有趣吧？」

全班同學的回應是嘰嘰喳喳的抱怨聲。

「而且我們還要將自己對這個主題的想法，注入到一個非常熟悉、非常簡潔的小容器裡，就是日本俳句。」

更多的咕噥聲。

「我知道你們都記得這種如珠玉般的詩歌格式：只有三行，第一行五音節，第二行七音節，第三行五音節。就是這麼簡單，卻充滿各種豐富的可能性。到目前為止有任何問題嗎？」

保羅・安尼斯舉手，桑德林老師對他點點頭。

「我們一定要做這個作業嗎？」

「是的，不過我會讓作詩變有趣喔。」

又出現更多咕噥聲。

「這是個限時寫作，時間十分鐘。十分鐘之後，任何想得獎的人就交給我一首俳句。我會大聲唸出每一首詩，並且給它一個號碼。在所有參賽作品都唸過之後，我會將每首詩再唸一次，這時你們每個人都要替每一首詩打分數，分數範圍從一分到十七分，一分表示沒有很好，十七分表示棒極了。然後我們會統計得分，得分最高的前三名就是得獎者。」

孩子們一起發出聲音：「獎品是什麼？」「我們會贏得什麼？」「得什麼獎？」

桑德林老師精明的點點頭。「我用俳句回答。」

最棒的寫手，
這裡涼爽勝秋風，
移到前面來。

他指著左手邊。

「用白話來說，就是前三名的人在這堂課的最後十五分鐘，可以將他們的桌椅直接拉到電風扇前面。很酷[12]的獎品吧？」

更多咕噥聲，抱怨這個愚蠢的雙關語。

桑德林老師開始發下小卡片。「把詩的草稿寫在自己的紙上，我說時間到的時候，再把你最精彩的俳句謄寫在卡片上，然後對折卡片。記得喔，題目是天氣。」

瓊丹的第一個念頭是當個懶人。

「所以，這是真的耶，我什麼都不必做……」她想。

這是真的，要不要參加比賽是隨自己意願，不會列入評分……教室裡很安靜。有些小孩只是趴著，將頭枕在臂彎上。瓊丹也想小睡片刻，她打起呵欠，有個詞卻跳進了她的腦海中，於是她寫了下來。

水窪

這是她的感覺，汗的小水窪。

她將整個片語寫下來。

⓬ 英文為cool，也有「涼爽」的意思。

汗的小水窪

有五個音節，是俳句的第一行……或最後一行。

她繼續寫著，像是在做自由聯想，一邊用左手手指核對音節。

腦正融化中
腦已經融化
我變融乳酪

學校溶解變液體
鹹的世界在溶解
溶解化為鹹水滴
溶解形成鹹世界

我在溶解中
熱力融我遲鈍腦
熱天融化我念頭
今天念頭融成空
我在溶解中
融化成水並滑落
融成水滴慢慢流

她開始組合不同片段、並改變時態和詞性，以得到正確的音節數量，然後試著做出十七個感覺對了的音節。

流汗成水窪，

熱融化疲倦心情。
我在溶解中。

她喜歡最後一行，也注意到她已經重複寫這一句好幾次了。但其他的句子感覺不對，而且她愈來愈不喜歡「汗」和「水窪」這兩個詞。用什麼好呢？

頓時，她看到了、聽到了、感覺到了，然後她草草寫下，剛好在桑德林老師叫停時完成。十分鐘時間已經過去了。

「時間到，」他說：「大家把一首俳句抄寫到卡片上。」

當他在教室來回走著收集卡片時，瓊丹同時數著。全班二十四個學生當中，只有十四個人交回卡片。

桑德林老師快步走到他的桌子，拉開椅子坐下來。

「現在，」他用鏗鏘有力的聲音宣布，「俳句大賽開始！」

在桑德林老師開始之後，就連原來在打瞌睡的人都坐直了身體。大聲朗誦這件事，他做得很棒。

瓊丹認為，前幾個參賽者的作品聽起來甚至不像首詩，反而比較像是一小篇單調的新聞報導。

溼熱的空氣
難以舒服的呼吸。
熱天最糟糕。

桑德林老師繼續唸著，瓊丹很高興她丟掉了「汗」這個字。它出現在五到六首俳句之中，包括笑聲最多的那首：

熱將我打敗。
我的內衣溼又黏。
汗非我朋友。

當瓊丹的詩被大聲朗讀出來時，她真的好愛這有聲版的感覺，
而且她不在意其他人是否喜歡它。

水滴滴答滴，
熱氣融化我念頭。
我在溶解中。

結果，其他小孩確實很喜歡這首詩。分數計算完成，瑞德・安迪生的溼黏內衣俳句得到第一名，瓊丹的詩排名第三，僅落後第二名幾分而已。第二名是一首非常甜美的詩，所有俳句之中她最喜歡這一首：

無戰無饑荒，
今日不過暖了點。
沒有那麼糟。

桑德林老師做出打鼓的動作，咚咚敲打著桌面，幾個同學拍手應和著，而瓊丹、瑞德和林德莉・拜恩將各自的桌椅往前拉到距離電風扇只有幾英尺的範圍內。她深深被林德莉那首意味深長的詩所感動。

涼爽的風感覺很棒，不過林德莉對她表達敬意的點頭讓她感覺更棒。她只希望瑪莉亞也在場目睹這一切，還有凱莉。當然，她們會在下次小可愛團聚會時聽說這件事……

「我在乎她們有沒有聽說這件事嗎？或者，我在乎大家是否都聽說了嗎？」瓊丹知道她真的在乎。

是的，這只不過是首小小俳句，從很少的一小群人裡面選出、而且是在短短十分鐘內速成的東西。

不管怎樣，她是其中一位得獎者。她等不及要告訴妮琪了。

15 直覺

WCZF播音室位在郡道七號公路，大約在索爾頓鎮中心往西三英里的位置。建築物很小，面積大約三十平方英尺，是一棟屋頂平臺鋪有瀝青的方形混凝土空心磚造樓房。停車場後方的圍籬區聳立著交叉的鋼造天線塔，高度約一百一十英尺，以六條纜索固定在地上。

建築物裡面有一個小小的接待區、一個內置四張桌子的中央工作間，還有兩間設有隔音設備的廣播小隔間，其中一間播送鄉村音樂節目，另一間則是播放新聞、氣象和談話性節目。

白天的大部分時間，喬都在工作間埋首於桌上的寬螢幕電腦前。平常日從早上五點到下午六點半，每半小時他會播送二到三分鐘的氣象。

這不是喬唯一的工作，他也在春田市的伊利諾大學開設線上氣象學課程，而且每個月的第四個週末，他會在皮奧利亞市的伊利諾空軍國民警衛隊一八二號空運聯隊的地面支援部隊服務。

不過，麥克林郡的在地氣象小子才是他最愛的工作。這件事他沒有告訴過電臺的經營者，只是一直以志工性質做這個工作。對他來說，這個工作永遠充滿樂趣。

但有些日子也是讓人很挫折的，就像今天。

華倫還沒有從國立氣象服務中心回撥電話給他。對於他從地方天候系統上追蹤到的變化，他真的很希望得到確認。或者他可能其實是想要有人反駁他的看法，或至少可以討論一下。

現在是一點三十四分，到他下次播音之前還有不少時間。喬抓起他的水瓶，朝門口走過去。就像他總是告訴學生的，真正的氣象學家必須走到戶外，至少每十二小時就要出去一次。你必須在氣團下四處走動，還要抬頭看看天空。

他穿過雙扇門，走到地面鋪了柏油的停車場。室內溫度是華氏六十八度，而這裡直逼九十五度。等到他穿過停車場、走了五十碼路到達天線後方的空地，他的上衣溼透了，感覺好像正努力在水面下呼吸一樣。

站在矮草地上，喬慢慢的轉了一圈。這片土地因冰河的推進與後退作用而被刮得平坦，最近的冰河作用則讓這個地方成為地球上最肥沃的厚土層之一，近日的大雨讓這土層吸飽了水。今天，伊利諾大草原正在蒸發。水蒸氣使得地平線往上十度的範圍全籠罩著朦朧的霧氣，四面八方都是。雖然幾乎沒有一絲微風，濃厚的空氣卻讓人感覺很不穩定。

「或者，這只是因為我將自己的想法加在天氣狀況之上。」喬心想。

氣象預測是很微妙的工作。

可是他認得這樣的天氣；他在父親的農場長大，在這裡居住和工作，經歷了無數個像今天這樣的日子。當空氣這麼溫暖又溼氣飽滿，而且太陽這麼明亮、雲朵又這麼厚重時，實在很難忽視這些訊息。比起一大串數字和電腦螢幕上的幾張影像，這裡的訊息還要多更多。

喬決定了。華倫有沒有回電給他已經無關緊要，下午兩點零三分再度上廣播時，他會告訴本地聽眾要持續密切觀察天空。

但搞什麼鬼啊，他們早就知道這件事了。今天所有在這塊土地上工作的人都能辨識出麻煩即將到來，而他們根本不需要什麼超級電腦就知道了。

他們有種直覺，能預感到將有事情發生，就和他一樣。

16 縈繞不去

今天早上在導師時間，不管到底是什麼事情讓瓊丹那麼沮喪，樂蒙老師很高興看到那不再是問題了。事實上，現在的瓊丹紅光滿面，而且不是因為高溫的關係。這女孩似乎很開心。

真是一個可愛的孩子啊！

樂蒙老師不懂讀心術是件好事，否則她可能會改變那個看法。

瓊丹看起來這麼開心的理由是什麼呢？她剛剛才算出來，過了今天之後，這個學期就只剩下兩堂自然課了。星期二因為全校集會會少掉一堂課，運動會那天又再去掉一堂，而在學校的最後一天就只有上午的課而已。

自然逼我瘋……

瓊丹想了一秒鐘，用手指敲著桌子……對了，五個音節。

感謝桑德林老師，她現在出現了「俳句癖」的怪症。

或可稱為俳句狂……這個是七音節。

她喜歡學習自然課的某些單元，尤其是地球科學和外太空。可是那些實驗呢？卻讓她聯想到西洋棋，有一大堆規則、數不清的小步驟，而且每個實驗都要事先完成規畫。

我的腦正在腐爛……

七個音節……哎呀！

但妮琪就很愛自然課，每個單元都喜歡。假如不是妮琪一直當她的實驗夥伴，瓊丹一整年的自然成績大概都是D而不是C。

當然，接下來她仍必須應付一堂又一堂的自然課，整個國中和整個高中都得這麼做……也許以後的課似乎會更簡單一點。瓊丹皺起眉頭。

好像不可能……

這是五音節。

不管怎樣，再上完兩堂課，自然課就會消失三個月。

樂蒙老師走到黑板前，寫下四個英文字：

barometer

hygrometer

thermometer

anemometer

「各位同學，眼睛看前面……謝謝。今天我們要複習二月的時候學過的單元。這四個字和地球科學的什麼部分有關係呢？會的人請舉手……」

有七、八隻手往上舉，樂蒙老師點名李奧納多．沙斯坎回答。

「天氣。」

樂蒙老師點點頭。「天氣的科學叫做……」

「氣象學。」

「很好。那麼，」她繼續說：「這些字的最後兩個音節代表什麼意思？」

她掃視著舉起的手，然後點了一個人。「安妮。」

「測量。」

「答對了，可以想到量尺。那麼誰能回想一下，這些不同的儀器測量的是哪一種天氣要素？」

瓊丹失去興趣了，因為她知道答案：barometer 是氣壓計，hygrometer 是溼度計，thermometer 是溫度計，anemometer 是風速計。這個單元她學得還不錯。她的花園不大，但她很掛心，所以會注意天氣。她非得這麼做不可。

當春雨落下，
土兒輕聲說感謝……

「土兒」是算成一個或兩個音節嗎？

土……土兒……

兩個春天以前，媽媽在他們家車道前端幫她蓋好一個小小的攤子，這只是把幾塊漆成白色的板子橫放在兩個鋸木架上面，還用一支藍橙相間的伊利諾大學大陽傘遮蔭。她畫了兩塊夾心廣告板招牌，在四到十一月期間立在家外面的公路邊，看板上寫著「自產自銷」。她種植和販賣的種類很多，從蘆筍到節瓜，還有鮮花，數量不多，可是品質很好。每天下午會有五十到七十五輛汽車和卡車經過他們家前面的郡道十二號公路，忠實顧客每星期會上門光顧好幾次。到目前為止，她的銀行存款已經超過六百美元了。

她正打算要買一臺小型的動力耕作機，用來擴大她的南瓜小園地。南瓜帶來的收益很不錯，而且只要附近還有大量的其他點心，鹿和浣熊就會放過南瓜不咬……不過，他們家的雪波，那隻邊境牧羊犬，早就趕跑大部分的動物了。當然啦，雪波愛嚼蔬菜也是有名的……

鹿和浣熊們，
和雪波同享花園。

自然真混亂。

「這個數字溼度計呢？這是用百分比來顯示測量數據，有沒有人可以告訴我為什麼？沒有人嗎？好吧，這是因為空氣完全飽和，在沒有降雨的情況下達到它所能吸收水蒸氣的最高值，表示的方式就是……」

瓊丹的眼睛仍然直視著前方，可是實際上她的注意力已經移開了。樂蒙老師就這樣問題一個接著一個，然後她自己回答了一半的問題。她一段段零碎的演說能夠填滿整堂課，而且似乎一直在進行中。此外，這情況就好像所有老師曾集合起來同聲說：「我們今天所有的課程全都是和天氣有關的內容，所以任何人都不會忘記今天有多麼熱又多麼悶。哈，好像很好玩！」

一點也不好玩。此刻她最不需要的就是詳細解釋這種呼吸和皮膚的不舒服，是由於露點⑬超過華氏六十八度所造成。

瓊丹瞥了妮琪一眼，她正瘋狂的寫筆記，那個模樣就好像樂蒙老師說的每個字都是真知灼見。

也許葛雷夏老師會取消放學後的管弦樂團排練……

不，不可能。他會一遍又一遍的要他們排練那支澎湃的畢業樂曲。那個人有點瘋狂。

那個人瘋了……

五個音節。

她想像著當她告訴妮琪她是俳句得獎者的時候，妮琪一定會更興奮。妮琪會微笑著說：「真的？好厲害喔！」可是就這樣了，這有點像是把她打回現實。

畢竟妮琪真正完成的那些事，大部分是她希望能在這一學年實現的。妮琪在學校戲劇表演中扮演一個有臺詞的角色，她是足球隊的翼衛、籃球隊的後衛、是管弦樂團的中提琴首席演奏者，此外在愚人節明星表演秀裡，她跳了一段現代舞的獨舞。

相對於妮琪這種種令人注目的、特別的、憑自己努力完成的事，瓊丹在這一年完成了什麼呢？她贏得了坐在一臺有燒焦塑膠味、會發出喀答聲的電風扇前十五分鐘。

而現在，她腦子裡盤旋著俳句。

我腦中俳句盤旋……

七個音節。

⓭露點（dew point），或稱露點溫度。在固定氣壓下，空氣中的飽和水蒸氣凝結成水所需要的溫度，就稱為「露點」。一般來說，當人處在露點溫度高的環境中，由於汗水不易蒸發，因此會感覺身體不舒服。

所以，她能做什麼呢？不太多。

訂出幾個簡單的目標吧。

一、順利度過這堂課剩下的時間。

二、順利度過管弦樂團的排練時間，並且試著避開瑪莉亞。

三、回家，幫她的番茄和甜玉米澆水。

還有，也許帶辛德絲出去慢慢的繞著樹林騎一圈……然後停下來休息，再到小溪裡踩水。

她嘆口氣。再兩堂就結束的自然課……

再兩堂結束……

五個音節。

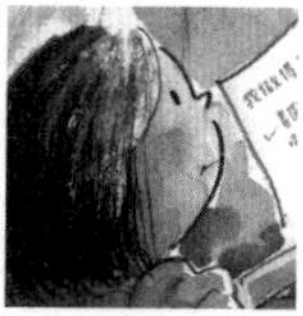

17 絲絨與鋼

管弦樂團已經練習二十分鐘了，瓊丹認為現在的狀態非常好。葛雷夏老師將樂曲分成幾段，要他們每一段演奏三次，之後再加入下一段。

他沒有四處揮動那支小小的白色指揮棒，而是用手打拍子將節奏定位出來，同時聲嘶力竭的唱出《威風凜凜進行曲》的旋律。

「答啊，答答答答啊答啊，答啊，答答答答啊啊啊！」

這個人的神情已經完全陷入瘋狂狀態，不過他的方法還真的滿有效。

禮堂裡的溼熱程度就和這一整天在教學大樓裡一樣高。葛雷夏老師的臉脹得通紅，而且汗水流個不停，不過他好像沒有發現。

「大家聽好，」他大喊，「這次我想要聽到前二十個小節，整個主旋律要完美的達到第一個漸強，而且要大聲演奏，沒問題吧？聲音要大到充滿整個禮堂，掀翻屋頂！」

他開始打拍子。「好，現在開始！一，二，答啊啊，答答答答啊啊答啊啊，答啊啊答答答……」

他停下來不唱了，將手高舉過頭揮動著。

「穩住！」他大喊道：「穩住，真的有人走調了，停下來！所有人停下來！」

整個管弦樂團頓時停止演奏，可是剛才讓他叫停的刺耳音調仍持續嗡嗡作響。原來聲音是從外面傳來的。

葛雷夏老師快步走到面對運動場的寬幅雙扇門前，將右邊的門推開。一陣強風猛力的將門吹回來啪的關上，重重的撞在他身上。他搖搖晃晃往後退了幾步，接著雙膝一軟，昏了過去。他的身體慢慢往側面倒下，整個人癱軟在地上，一隻腳還卡在門邊，使得門微微開著。這時又一陣大風將門往外吹開，整個門撞在建築物的外牆上，發出咚咚巨響！運動場上的一個大垃圾桶從敞開的門口飛了進來，越過葛雷夏老師上方兩英尺高的地方，然後往下滾一圈，砰的掉在舞臺的實木地板上，桶子裡的紙張和空塑膠瓶掉得到處都是。

在颼颼風聲和門的咚咚撞擊聲中，那個刺耳的音調仍然繼續響著，原來是鎮上的警報聲。

所有的事都在短短幾秒內發生，孩子們仍黏坐在椅子上，樂器還握在手上。緊接著，彷彿他們都是被同一條弦拉著的木偶，所有人一起跳了起來。孩子們開始尖叫嘶喊，有幾個人放聲大哭。「怎麼辦？怎麼辦呀？我們應該去教學大樓！」

有支大提琴掉在地板上，琴頸斷了，琴弦發出微弱的弦音。

瓊丹一下子明白了。這是一場暴風雨，或甚至是龍捲風。她的呼吸變得急促，恐懼湧上喉頭，讓她想要尖叫哭喊。

不行！

她努力思考。「怎麼辦，怎麼辦，怎麼辦，我該怎麼辦？」

幾個閃閃發光的字跳進她的腦中，那是她幾分鐘前對自己說的話，就在自然課結束的時候。

「訂出幾個簡單的目標，對吧？」她想。

首先是葛雷夏老師。

她看到他的額頭上有一個大腫塊，而且在流血，不過她也看到他還在呼吸。

「我們必須把他移開。」她想。

突然一陣疼痛從雙手傳來，原來是她的小提琴和弓將手緊緊夾住，使她的手指關節都發白了。憑著本能的反應，她彎腰將樂器收進琴箱裡，扣上三個釦鉤。

靠近舞臺西側的兩扇門突然啪的大開，她抬頭看過去，是從運動場方向吹來的風所造成的。樹葉、草、紙張、樹枝、木欄碎片，好像所有在戶外的東西全都努力衝進建築物裡。粗暴、憤怒的聲響充滿在每一吋空間裡，號叫、呼嘯還有咆哮，而且愈來愈大聲。

一支四英尺長、藍黃相間的塑膠條鏗鏗噹噹的穿過面向運動場的門口，重擊在葛雷夏老師的腳上，然後全速滾過舞臺。瓊丹分心想著，那是螺旋溜滑梯的碎片。

孩子們現在一小群一小群的擠成一團，有些人的臉上掛著兩行淚，尤其是年紀比較小的孩子。瓊丹覺得好像被困在夢境裡，卻怎麼也醒不過來。

有人抓住她的手肘，她馬上跳了起來。

妮琪將嘴貼近瓊丹的耳朵，大喊：「我們需要救援！」

瓊丹從未見過妮琪對任何事感到害怕，自從她們認識以來都不曾有過。此刻她的眼睛睜得大大的，看起來就像是動漫裡的人物，她完全被恐懼給籠罩了。

瓊丹也感到害怕，但她奮力抵抗著恐懼感。恐懼試圖癱瘓她，讓她感到頭暈而虛弱。這個感覺真像一場惡夢，所以她強迫自己清醒過來，強迫自己思考。恐懼並未離去，不過整個畫面已經啪一聲對焦完成，比3D電影還要逼真。而她知道她必須做些什麼了。

她握住妮琪的手，大喊：「跟緊我！」

瓊丹拉著妮琪往平臺鋼琴跑過去。她抓起她的書包，將手伸進小內袋裡，一會兒之後她深深吸了一大口氣，用力吹出三聲尖銳的哨音。嗶！嗶！嗶！

這尖銳哨音中斷了呼呼風聲、孩子們的尖叫與啜泣聲，還有嗚嗚的警報聲。

舞臺上的每個小孩都轉頭看著瓊丹。

她再次吹起哨子，比手勢要大家靠過來。三秒鐘後，二十二個孩子聚集在她身邊，圍出一個緊密的半圓形。

她用盡全力大喊：「我們動作要快！」她指著強納森說：「你和瑞克、蘇珊、愛麗把葛雷夏老師放到推車上，把他推到這裡來！

其他人快把樂譜架拿到鋼琴旁邊，再拿折疊椅過去！動作快！」

沒有人動作。妮琪仍然抓著瓊丹的手臂。

瓊丹將哨子放在兩片嘴唇中間，又再吹了一次。沒有動靜。

她跺著腳。「行動啊！」小孩們卻擠得更緊密。

她再次大喊：「快點，拜託！」

林德莉第一個行動。她快步跑到舞臺中央，抓起兩支黑色樂譜架衝回來。

她的行動打破了魔咒，每個人迅速動了起來。不到一分鐘時間，二十三支樂譜架被集中在平臺鋼琴周圍，強納森小隊也將葛雷夏老師推了過來。妮琪回過神來，她和凱莉、瑪莉亞組成一隊，將全部的折疊椅都收集好。

瓊丹比著手勢，要小隊將葛雷夏老師的推車緊挨著鋼琴長直的一邊。接著她抓起一個樂譜架，將架子的頂部拉成水平，就像T的上面那樣。她一邊示範做法、一邊大喊：「全部都弄成這樣，快點！拜託！」

就在八個或十個小孩開始動手時，她抓住強納森的手臂、在他耳邊大喊：「去帶一群人來！」她比手勢示意他跟著她走。

她跑到收摺在舞臺牆邊的半片布幕前，將手高舉過頭，抓住這片厚布的邊緣。

此刻，外面的聲響像是巨型噴射機引擎般颼颼尖嘯著。禮堂西側牆面上方的氣窗開始往屋內爆裂，玻璃飛濺在座椅上。

瓊丹大吼：「大家一起抓緊！一，二，三，拉！」

七個小孩用力猛拉，然後緊抓著布幕的邊緣。

有一會兒完全沒有動靜，突然間在遠遠的上方，布料移位了，一道紅絲絨巨浪流洩到地板上。揚起的成團灰塵消失在旋轉的空氣之中。

瓊丹抓住最靠近牆壁的布幕一角，比手畫腳像演默劇一樣告訴其他人如何抓住布料的前端，將布整個展開。接著她領頭示範，以實際行動向大家說明該做些什麼。

他們拉起整片的絲絨巨浪，像一張蓋過棒球場上方的防水帆布。七個小孩以十分流暢的動作將布幕往上拉起，越過樂譜架、折疊椅、推車和平臺鋼琴的上方。

這就對了。

瓊丹吹著哨子，揮動手臂比劃著。

很快的，每個人都了解該怎麼做。瓊丹跑到舞臺中央抓起她的小提琴箱，然後跪了下來，跟在最後兩個小孩後面躲到布幕下方。

風聲再度響起，這次的聲音更大更尖。一個面對運動場的舞臺門發出兩次砰砰聲，接著絞鏈鬆脫，門片直直飛出六十英尺，像一個巨大的長方形飛盤越過舞臺後方。這扇門猛力撞在遠端的門上面，將整個金屬門框一起撞飛出去，落在混凝土階梯上。

瓊丹聽著這些聲響，感覺到現在的氣壓突然產生了變化，可是她無法目睹事情的經過。她正和葛雷夏老師及其他管弦樂團成員一起，躲在他們以鋼與絲絨建造的堡壘中。

18 求救

喬·史崔特是第一批看到這個景象的人，他在消防車和警車到達之後不久抵達現場。他從未見過威力如此強勁、旋轉速度如此快速的龍捲風，從現場的狀況看來應該是Ｆ２、甚至是Ｆ３等級⑭。氣團瞬間產生碰撞，高低溫差劇烈，接著產生垂直的風切和巨大的

⑭龍捲風的強度依藤田級數（日裔美籍氣象學家藤田哲也所提出測量龍捲風強度的標準）分成六個等級，Ｆ２的強度大約可吹翻木造房的房頂牆壁，Ｆ３則會造成更嚴重的破壞，可將較堅固房子的屋頂牆壁吹走，甚至森林中大半樹木會被連根拔起。

渦旋，從開始到結束只有六分鐘時間。

龍捲風的路徑完全不合乎常理，以往從來不曾有過這樣的行徑。第一時間的目擊者說，龍捲風曲折前進穿過鎮西邊的平原，到達鎮中心時整個高高升起到空中，然後在傑若米花園區著地，摧毀了相距一個街區的兩棟房子，接著跳過六個街區，在拜爾德小學的運動場上降落。

學校的教學大樓只有少數玻璃遭到毀損，還有東側牆上方的鍋爐煙囪翻倒在校車的回轉車道上。學校幾乎成了空城，只剩下九名學生和十四名教職員。學校沒有設置躲避風暴用的地下室，不過所有人都即時到達避難用的室內空間中。沒有任何傷者，而且所有人都在場。

喬和消防隊長卡爾・崔爾頓站在一起，凝視著禮堂建築。它是一棟巨大的磚造建築，距離教學大樓只有四十英尺。兩棟建築間相連的通道完整無缺，棚頂和柱子都沒有受損。相形之下，禮堂本身幾乎完全坍毀，只有幾根支撐舞臺的大鋼梁仍然完好。

「我跟你說了嘛，」卡爾說道，一邊朝著瓦礫堆點點頭。「我們這次很走運，真的好險。鍋爐翻倒在另一棟建築物裡，所以沒有破壞瓦斯管線，而且學校剛好沒有安排課後活動。一個大型斷路器彈開，將所有電力都切斷了。總是偶爾會遇上好運氣。」

他打量著喬。「所以，是你啟動警報器的？」

喬點點頭。「即使觀察了一整天，你還是想不到這樣的事情真的會發生。」

卡爾吐了一口口水在地上。「嗯，就算是短短一聲警報也好過什麼都沒有，非常正確。做得好。」

喬往卡爾右手邊方向點了頭。「吉姆・瑞根過來了，他還是這裡的校長嗎？」

吉姆跑過來，他的臉色就和燕麥片一樣。「祕書，」他氣喘吁吁的說：「她在記事本上做了記錄，那裡有一場額外的管弦樂團排練活動，就在舞臺上。」

「我的老天！」卡爾轉身，對著站在最近的卡車上男子大喊，「有生還者，在北面牆那邊！」

眼前景象迅速轉變成搜救行動。鏟子和十字鎬出現了，隊長打開無線電調度重型機具。

第一個跑去開始將瓦礫丟到旁邊的消防隊員突然停了下來，然後舉起一隻手。

「安靜！關掉所有柴油引擎！」

喬戴上一雙借來的手套，和其他人安靜的站著。當周圍歸於平靜時，他也聽到了什麼聲音。一開始聽起來很像是遠方籃球場上裁判吹犯規的哨音，接著他聽出那個聲音有固定的模式：三短音，三長音，三短音；是SOS，求救信號。

19 鼓掌

隔週星期五傍晚的六年級畢業典禮有幾件事情很不尋常。

第一，舉辦的地點是在新中學的禮堂。

第二，出席的人非常多。事實上，全鎮的人都算參加了；沒辦法到現場參加的民眾都在收看地方有線電視頻道的現場轉播。

第三，當小學管弦樂團開始演奏《威風凜凜進行曲》時，很難不去注意到指揮的頭上戴著一個看起來很像白色頭巾的東西。那是繃帶。

一如瓊丹所預料，教育廳長的致詞中包括了這幾句話：「畢竟，這確實不是結束，而是下一個很棒的開始。」

不過，沒有人能預料到在卡若蓮．珍金斯接受畢業證書並回到座位後所發生的事。

接著唸到的是瓊丹．莊士頓的名字。她起身走過舞臺，在這大禮堂中的每個人都站起來，開始鼓掌。瑞根校長拿著她的證書，但沒有交給她。他也在拍手，然後微笑著示意瓊丹轉身面對觀眾。

瓊丹環顧全場，看到很多熟悉的臉孔。她的媽媽和爸爸坐在第一排，姊姊艾莉抱起弟弟提姆，讓他也看得到；她看到卡佛斯一家人及其他三到四個家庭，還有很多小孩，是她當保母時照顧過的孩子；她看到在她的路邊攤停車向她買向日葵、胡蘿蔔和青豆的人們；她看到她所有的老師揮著手，對她微笑。

從眼角餘光看過去，她看到她的同班同學都在為她鼓掌，瘋狂得大聲歡呼，其中包括瑪莉亞・哈金斯在內。

瓊丹對所有人報以微笑，然後往前走到舞臺邊緣，優雅的深深一鞠躬。

瑞根校長走到她旁邊，舉起一隻手，直到全場安靜下來。每個人還是站立著。

校長轉向瓊丹說道：「除了你的畢業證書之外，學校理事會希望特別表揚你，接下來我要開始宣讀。」

他將眼鏡架在鼻子上方，開始宣讀：

「伊利諾州索爾頓的學校理事會議正式投票決議，在此特別表揚瓊丹・伊洛伊斯・莊士頓。六月十四日，在驚人的龍捲風襲擊拜爾德小學時，她展現出不凡的勇氣、清晰的思考以及果決的行動。

只花了四分鐘的時間，瓊丹執行了保安計畫，打造出一個避難所，保護了她自己和其他二十二個孩子的生命，還有當時因撞擊而失去意識的管弦樂團指揮的性命。她將原本幾乎注定無可避免的重大悲劇，轉變成如此美好的歡喜結局。為此，我們要表達大家對於瓊丹由衷的感謝。我們會永遠記得她的情義。」

這次，掌聲一陣又一陣的持續著，即使瓊丹已經走回到她的座位，仍然沒有停息。

沒有人衝到舞臺前將兩打黃玫瑰塞到她手上，也沒有索取簽名的粉絲和猛拍照片的攝影記者。

不過這都無關緊要了。

瓊丹，長相普通而且表現普通，她對於所有的一切都感到非常快樂，包括對她自己。

致謝

我想要感謝國立氣象中心在網路上提供的氣象資訊。我也必須清楚說明，在故事情節中描寫的事件，絕對不是貶抑或影射國立氣象服務中心的重要工作，針對迫在眉睫的危險，他們每天都盡責的向民眾提供警報訊息。

我也要感謝我的編輯凱特琳·德洛伊，以及亞西尼姆出版社親切的專家們，他們幫助我超越自己的能力，使我的寫作更漂亮、文法更正確、更有邏輯，而且前後一致。（當然，我很確定他們會仔細檢查這篇簡短的致謝文！）

我還想要特別感謝冬季屋的艾咪・伯克瓦所提供的聰明提議及支持。

安德魯・克萊門斯

我做得還可以
畫圖 除草
唱歌 吹泡
跑步 烤餅
游泳
得很差 :(
西洋棋
拼圖
我做得很棒 :D
保母、園藝

安德魯・克萊門斯 ⑪

普通不普通
About Average

文／安德魯・克萊門斯　譯／吳梅瑛　圖／唐唐

執行編輯／陳懿文　內頁設計／丘銳致　校對協力／呂曼文
出版一部總編輯暨總監／王明雪

發行人／王榮文
出版發行／遠流出版事業股份有限公司　104005台北市中山北路一段11號13樓
電話：(02)2571-0297　傳真：(02)2571-0197　郵撥：0189456-1
著作權顧問／蕭雄淋律師
輸出印刷／中原造像股份有限公司
□2012年11月1日 初版一刷　□2024年8月1日 二版一刷

定價／新台幣300元（缺頁或破損的書，請寄回更換）

ISBN 978-626-361-861-9
遠流博識網　http://www.ylib.com　E-mail:ylib@ylib.com

國家圖書館出版品預行編目資料

普通不普通 / 安德魯・克萊門斯（Andrew Clements）文；吳梅瑛譯；唐唐圖 . -- 二版 . -- 臺北市：遠流出版事業股份有限公司 , 2024.08
面； 公分 . --（安德魯 ・ 克萊門斯；11）
譯自：About average
ISBN 978-626-361-816-9（平裝）

874.59 113009283